夜の宴

藍川 京

幻冬舎アウトロー文庫

夜の宴

夜の宴＊目次

一章　遺言

「これをお預かりしていました」

三十六歳の和香奈《わかな》が亡き夫、葉月謙吾《はづきけんご》の会社の顧問弁護士から分厚い封書を差し出されたのは、忌明《きあ》けの会食の後だった。

「遺言ですか……」

心騒いだが、和香奈は小首をかしげた。

相続についてはすでに話し合いは終わっている。

謙吾には姉がいるが、裕福な家庭に嫁《とつ》いでいた。謙吾の入院中に姉には財産放棄してもらったと言われ、すべてを和香奈が相続することになっていた。

謙吾に膵臓癌《すいぞうがん》が見つかってからの進行は早かったものの、余命半年と言われた謙吾は一年を生きた。その間に、会社関係では謙吾の女房役だった伊豆見《いずみ》や、顧問弁護士の篠崎《しのざき》との話し合いも行われてきた。

謙吾は死と向き合う中で、何もかも片づけて旅立っていった。まだ五十二歳の働き盛りだった。

突然の事故とちがい、近い将来、その日が来ることを和香奈は覚悟はしていた。そして、葬儀や数々の手続きに追われている間は、気持ちが張りつめていた。それが、納骨も終わってしまうと、一気に疲れが押し寄せ、心細さや亡き夫への思慕《しぼ》の念がふくらむばかりだ。

「四十九日《しじゅうくにち》まではお忙しいだろうから、その後に渡してくれと言われていました。今まではこれについては何もお話ししていませんでしたが、ご主人のご意思でしたので」

篠崎が申し訳なさそうな顔をした。

和香奈へ、と書かれた白い封書のやや癖《くせ》のある字は、まちがいなく謙吾のものだ。

その文字から、謙吾の指先を思い出した。

和香奈の総身をまさぐり、火照《ほて》らせ、恥ずかしいことを口走らせた指だった。

いつも爪《つめ》を綺麗《きれい》に整えているのは和香奈のアソコを傷つけないためだと、ベッドで言われたことがあった。それからは、謙吾の指を見ると羞恥《しゅうち》を感じるようになった。

病室でさえ謙吾は医師や看護師の目を盗み、和香奈の秘密の場所に手を伸ばし、破廉恥《はれんち》にいじりまわすことがあった。

病室で爪を切ってくれと言われ、昂《たか》ぶりを押し隠しながら切っていると、看護師がやってきたことがあった。

「奥様がお優しくてよろしいですね」

看護師はにこやかにそう言ったが、夫婦の秘密を嗅《か》ぎ取られているのではないかと、じっとりと汗ばみ、息苦しくなった……。

「唐突《とうとつ》で驚かれましたか……？」

ひととき気恥ずかしい過去を思い出していた和香奈は、篠崎の声に我に返り、うろたえた。

「いえ……思ってもいなかったものですから……ありがとうございます。何が書いてあるんでしょう……」

「感謝の言葉ですよ」

篠崎が笑みを浮かべた。

忌明けに読むようにと篠崎に託された手紙を、和香奈は和服の胸にそっと押し当てた。

「私はこれで失礼します。何かあったら、いつでもご連絡下さい」

最後まで屋敷に残っていた篠崎は、謙吾から預かっていた手紙を渡してひと仕事終わったと安堵《あんど》しただけでなく、遺《のこ》された手紙を一時《いっとき》も早く読みたいと思っている和香奈の気持ちも察しているようだ。

「篠崎さんがいらして下さらなかったら、ひとりではどうしていいやら途方に暮れるところでした。ありがとうございました」

「いやいや、尽力してくれたのは伊豆見さんですよ。ご主人が信頼していた人だけあって、しっかりしていらっしゃる。彼が跡を継げば、きっと会社も安泰でしょう。私も微力ながら、今後ともお力添えできたらと思います」

篠崎が穏やかな笑みを向けた。

謙吾が旅立って四十九日を迎えるまで、毎日をどうやって過ごしていたのか、思い出そうとしても記憶が曖昧《あいまい》だ。

会社を継ぐことになる伊豆見も頼りがいのある男だが、篠崎の存在は心強かった。謙吾がそれまでの勤めを辞めて会社を設立したときから世話になっている。和香奈が結婚する前からだ。還暦《かんれき》をいくつか過ぎた篠崎は、温厚でいながらやり手の弁護士だ。

和香奈も篠崎を信頼し、主亡き後の膨大な手続きを任せることに迷いはなかった。謙吾の遺志でもあった。

門扉《もんぴ》まで篠崎を見送った和香奈は、振り返って一礼した篠崎が視野から消えると急いで引き返し、納骨も終わって淋《さび》しくなったリビングで、謙吾が遺した手紙を開いた。

〈和香奈、私がいなくなってひと月半以上。忙しい思いをさせてすまない。それとも、看病から解放されて伸び伸びしているだろうか。それもいい。和香奈の人生はこれからだ。後ろを見ずに、前向きに生きてほしいと思っている。〉

懐《なつ》かしい文字は、力強い文字で綴《つづ》られていた。余命がわかり、覚悟し、早めに書いていたものではないかと思えた。

看病から解放されて伸び伸びしているだろうかという文章は、たとえ冗談にしても恨《うら》めしかった。

不慮の事故とちがい、謙吾の最期《さいご》を覚悟して過ごした日々があった。その一年がなかったら、謙吾の死は納得できず、今も取り乱していただろう。

闘病中のベッドから手を伸ばした謙吾は、傍《かたわ》らに立つ和香奈のスカートに手を入れることがあった。最初、和香奈は逃げようとした。だが、謙吾の目を見てとどまった。

「先生が……」

「あと一時間は誰も来ない。ストッキングは邪魔だ。時間はないぞ」

謙吾はいつになく悪戯《いたずら》っぽい笑みを浮かべたが、和香奈はコクッと喉《のど》を鳴らした。

トイレのついた個室でストッキングを脱ぐときも、ベッドの傍らに戻ったときも、廊下が気になって落ち着かなかった。

「ショーツも脱いできたんだろうな？」

「えっ……？」

「脱いだのはストッキングだけか？」

謙吾は呆《あき》れたような顔をしたあと、すぐに苦笑した。

「できるだけ椅子を近づけて座るんだ」

謙吾が何をしようとしているかわかるだけに、和香奈は動悸《どうき》がした。

謙吾の愛撫《あいぶ》はいつも時間をかけ、ねっとりとしていた。こんなときでさえ、すぐに指を女の中心に持っていくようなことはせず、膝《ひざ》から内腿《うちもも》を撫《な》でまわしながら、徐々につけ根へと近づいていった。

「こうしてしっとりした健康な肌を触《さわ》っていると、毒が抜けて健康になるような気がする」

いつ医師や看護師がやってくるかもしれないという不安の中で、謙吾の言葉は魔法の言葉となり、奇跡が起きるのかもしれないと和香奈に希望を抱かせた。

鼻から湿った息をこぼしながら、和香奈は汗ばんできた内腿をわずかにくつろげた。

謙吾の唇もほころんだ。

指先がショーツの底に届いたとき、和香奈の総身が強《こわ》ばった。

「なんだ、湿ってるじゃないか。乾いてるかもしれないと思ったのに」

さらに熱くなった和香奈は、無意識のうちに両手を握り締めた。

「あは……」

布越しに指先が肉マンジュウのワレメを行ったり来たりし始めたとき、思わず喘《あえ》ぎが洩《も》れた。

「こんな邪魔なものを穿《は》いたままで」

そう言った謙吾は、ショーツ越しに女の器官を隠している縦のくぼみをグイと押した。

「あう……」

「脱ぐか？」

「だめ……」

「じゃあ、こうだな」

「あう！」

不意にショーツの脇《わき》から指を押し込んだ謙吾に、和香奈は大きな声を押し出した。そして、慌《あわ》ててドアに視線を向けた。

「梅雨時《つゆどき》より湿ってる。いや、湿地帯だ」

破廉恥な指と言葉だった。

余命いくばくもないというのは誤診ではないのか……。

医師は良性の腫瘍《しゅよう》を悪性と見誤っているのではないか……。

いつ人がやってくるかもしれないという不安の中で、医師への疑惑が生じた。

「ここをいじると安心する。薬なんかよりこの方がよっぽど効く」

「くっ」

翳《かげ》りの載った肉マンジュウのワレメに指を入れられ、また短い声が洩れた。

こんなところで……と、恥ずかしかった。だが、謙吾は回復するかもしれないと思うと、猥褻《わいせつ》な指の動きに身を任せた。

「ぬるぬるがどんどん出てくる。こんなのを穿いて帰るより脱いでいった方がいい。今夜はシミのついたショーツを抱いて寝るか。匂《にお》いも嗅げる」

花びらをいじりまわしながら謙吾が笑った。

花びらや肉のマメの周辺を動きまわる指に、恥ずかしいほどぬめりが溢《あふ》れた。

「寝るとき、ちゃんと自分の指でしてるんだろうな？」

謙吾は喘ぎを堪《こら》えようとしている和香奈に、破廉恥な指の動きを止めずに訊《き》いた。

和香奈の耳朶《みみたぶ》や白い頬《ほお》が、たちまち朱に染まった。

「そうか、してるか。それならいい」

答えなくても謙吾は和香奈の羞恥の色を見逃さなかった。

「くっ！」

花びらをいじっていた指が、唐突に肉の祠《ほこら》をくぐり抜けた。

久々に花壺に入り込む指は肉茎《にくぐき》とは比ぶべくもないほど細いというのに、膣《ちつ》ヒダを押し広げられる感覚は、皮膚がそそけ立つほど心地よかった。

「やっぱりココはいい。熱いな。ココに指を入れていると落ち着く。だけど、このままにしていたら、すぐにふやけてしまいそうだ。誰かにふやけた指を見られたら何と言ったものかな。師長なんかベテランだけあって、些細《ささい》なことでも驚くほど目ざとい」

謙吾は面白がっている。

「ね、もうだめ……」

熟した躰《からだ》が謙吾を欲しがっている。だが、いつ人が来るかわからない。こんなところを病院のスタッフに見られたら、恥ずかしすぎて明日からの見舞いもはばかられる。だが、謙吾の指が正面から秘口に押し込まれているだけに動けない。

どうやって淫《みだ》らな指を避けようかと考えたとき、ココをいじると安心する。薬なんかよりこの方がよっぽど効く、と言った、ついさっきの謙吾の言葉を思い出した。

淫猥《いんわい》な行為は単なる破廉恥行為ではなく、謙吾の命を長引かせるために必要な行為なのだ。

廊下が不安で指を動かすのをやめてもらいたい気持ちもあるが、拒むわけにはいかない。

人差し指は奥の奥まで沈んでいった。

「あはあ……」

和香奈の小鼻がふくらんだ。

「いいものを買ってやっておけばよかった」

いいものが何かはわからないが、謙吾が生き続けてくれることだけが望みだ。他に欲しいものなどなかった。

声を出すまいとしても、指が出し入れを繰り返したり、Gスポットのあたりを擦《こす》ったり、敏感な入口付近を細かく振動させるようにして執拗に刺激すると、つい唇の狭間《はざま》から喘ぎが洩れてしまう。

触れられていない肉のマメまで脈打ち、下腹部が滾《たぎ》ってきた。

「あう……だめ……ね……」

「ぬるぬるしすぎて指が滑りそうだ。久しぶりにいくところを見せてくれ」

「んん……だ……め……あうっ」

じっとしていることができず、和香奈は腰をもじつかせた。

「早くいかないと誰か来るかもしれないぞ」

そう言いながらも、謙吾は余裕たっぷりに花壺の指を動かした。

熱い。たまらなく熱くなってきた。そして、深い悦楽に、なぜか泣きたくなった。

「本当に、誰か来る頃かもしれないな」

唇を弛《ゆる》めた謙吾が指を出した。

一瞬、和香奈は落胆した。だが、すぐに人差し指に中指も添えられ、二本になってふたたび女壺に押し込まれていった。

沈んでいく指は、一本のときよりさらに肉のヒダを大きく押し広げた。そこから子宮全体へと、さわさわと妖《あや》しい悦楽の波が広がっていった。

「あは……」

和香奈はサンダルの中の足指を擦り合わせた。総身をねっとりとした汗が覆《おお》っていた。

「この指が好きか」

和香奈は泣きそうな顔をして、かすかに頷《うなず》いた。

廊下は気になるが、今は続きの法悦《ほうえつ》がほしい。半端《はんぱ》なままで終わってしまえば夜が切ない。

優しそうでいて意地悪な指だ。

花壺の中をゆっくりと行ったり来たりしていた指が、浅いところで止まった。そして、ひとしき動きを止めた。

疲れた謙吾がこのまま指を抜き、おしまいにしてしまうのかもしれないと思うと、和香奈は腰をくねらせ、気づかれないように、ほんのわずかだけ腰を前に進めた。

「それだけか？　もっと前に来ないと奥まで届かないぞ」

にやりとした謙吾に、わざと秘口近くで指を止めたのを知った。

「いや……」

破廉恥に指を求めたことを知られ、和香奈は羞恥のあまり、軽く開いていた膝を閉じようとした。

「ここが病院じゃなかったら、もっと焦《じ》らすんだが、悠長《ゆうちょう》に遊んでいる暇《ひま》はないな」

指が深く沈み、親指が肉のマメをくにゅくにゅと左右にもてあそび始めた。

「ああう」

今までとちがう疼《うず》きが、髪の生え際まで駆け抜けていった。

「ぬるぬるでオマメが逃げてしまいそうだ」

さっきまでのゆっくりした出し入れとちがい、親指は繊細に、しかし、一気に絶頂を迎えさせるための素早い動きを始めた。

「あ……あう」

小さな肉のマメから、今にも巨大なマグマが噴き出しそうだ。

「だ、だめ……もう……んんっ！」

椅子に腰かけたまま絶頂を迎えた和香奈は硬直し、眉間《みけん》に深い皺《しわ》を刻みながら二本の指を秘口でキリキリと食い締めた。ぬめ光る紅《あか》い唇から白い歯がちらりと覗《のぞ》き、妖しく光った。すぐには法悦の波は収まらなかった。収まりかけたとき秘壺の指が抜かれ、和香奈は感じすぎてふたたび声を上げた。

じっとりと汗ばんでいる和香奈は、ベッドの傍らの椅子に座ったまま、倦怠《けんたい》感でぐったりとなった。

久々に優しく淫猥な指で女の器官をいじられ、花壺にも挿入され、その心地よさに恥じらいや人目を気にする以上に、極めたいという欲求が強くなっていった。だが、終わってしまうと我に返り、何と恥ずかしいことをしてしまったのだろうと赤面し、消え入りたくなった。

「ショーツを穿いたままいじりまわした方がいやらしくていいな。久々に脇から指を入れていじったら、世界一いやらしい男になった気がした」

スカートから手を出した謙吾は、蜜にまぶされてわずかに白くふやけている指を、和香奈の目の前に差し出した。

「ああ……いや」

和香奈はその手を押しやった。

「いい匂いだ」

謙吾は蜜にまぶされた指先を鼻に押しつけた。

「あっ、だめっ!」

和香奈はまたその手を謙吾の鼻先から押し退《の》けた。

「これまでのうちで最高の匂いだ。躰の中から命の泉が湧《わ》き出してくるようだ」

そう言われると、奇跡が起こって謙吾の病が癒《い》えるかもしれないと、またも期待する気持ちがふくらんだ。

「失礼します」

ドアの向こうの声に仰天《ぎょうてん》した和香奈は、慌てて捲《めく》れ上がっているスカートの裾《すそ》を直した。

「いつも、綺麗な奥様がいらしてくれてけっこうなことですね」

入ってきた師長は愛想よく言ったが、まだ火照りの収まっていない和香奈はうろたえた。

「あら、どうかなさいました?」

いっそう和香奈は困惑した。

「睡眠不足のようで、実は今、椅子に座ってうとうとしていたんですよ。師長に起こされて面食らったようで」

謙吾がクッと笑った。

「あら、奥様、申し訳なかったですね。で、お加減はどうですか?」

師長の視線が和香奈から謙吾に向いた。

「重病人らしくないほど顔色がいいでしょう？」

謙吾は剽軽《ひょうきん》に言った。

「そうですね。でも、奥様の方は睡眠不足はいけませんよ。ゆっくりお休みにならないと」

師長は謙吾の血圧を測って出ていった。

「あの師長、勘が鋭いんだ。和香奈のアソコの匂いに勘づいたかもしれないな。でも、右指を見られなくてよかった」

血圧は左手で測った。右腕を布団から出して指を突き出し、おかしそうにしている謙吾と裏腹に、和香奈は消え入りたいほど恥ずかしかった。

「濡れてるショーツを穿いて帰るのか？　脱いで乾かしていくといい」

病が癒えたのではないかと錯覚するほど謙吾は上機嫌だった……。

謙吾が遺した手紙を読んでいるとき、思い出になってしまった恥ずかしい病室での出来事が脳裏を過《よ》ぎっていった。

謙吾はそれから、徐々に破廉恥なことを要求した。

「スケスケのショーツを穿いているところを見たい。白かピンクだな」

そのときはランジェリーショップに行き、何枚もショーツを買い、その中に一枚の淡いピンクの透けたショーツを紛《まぎ》れ込ませた。それでもレジでの勘定が気恥ずかしく、店を出るまでの時間がやけに長く感じられた。

「たまにはショーツを穿いてないのもいいかもしれない。明日は家から何もつけないで来てくれ」

そんな勇気はなく、そのときは病院の一階の化粧室で脱いだ。だが、謙吾にはお見通しだった。

人に言えないだけでなく、決して悟られたくない要求や病室での破廉恥な行為……。それに応えたのは、謙吾が医者の診断を覆《くつがえ》し、病を克服する日が来るかもしれないと奇跡を願ったからだ。けれど、そのうち謙吾は和香奈の手を握るのが精一杯になった……。

恥ずかしい思い出が駆け抜けた後、和香奈はふたたび手紙を読み進めた。

〈時間があるうちに何かできないかと考えた。そして、和香奈にプレゼントすることを思いついた。生きているうちに渡すのは芸がない。それに、何か奇抜なものがいい。和香奈をとびきり驚かせたり喜ばせたりするものでないと面白くない。それに、これから何もできなくなるというのに、たったひとつのプレゼントではもの足りない。

生きているうちに読みたい本は山ほどあったのに、それより和香奈を驚かせるためにはどうしたらいいかと、病室で知恵を絞る方が楽しくなった。

まずは四十九日の翌日に荷物が届く。形のあるプレゼントだ。楽しんでくれ。いっぺんに渡すのもどうかと、日にちをずらして何回か届けてもらうことにした。そのプレゼントが届いても、また次を楽しみにしておくように。

まずは明日を楽しみにしているといい。こう書きながら、わくわくしている。あっちから和香奈の喜んでくれる様子を眺《なが》めている。プレゼントは仕舞いこんだりしないでくれよ。

いい人生だった。和香奈のアソコの匂いが躰に染み込んでいる。あちらでも、和香奈の匂いは消えないだろう。消えるはずがない。

じゃあ、和香奈、後悔しない楽しい人生を送るように。

心より、ありがとう。〉

末期の膵臓癌とわかって入院し、ほどなく書かれたとわかる日付が記されていた。

和香奈に触れながら、病が癒えるかもしれないと言っていたが、謙吾は入院したときには近く訪れる死を覚悟していたのだ。

最後まで和香奈を気遣い、亡くなった後の贈り物まで考えていた謙吾に胸が熱くなった。

自分の死後、妻にプレゼントが届くように配慮する優しい夫がどれだけいるだろう。

その夜はなかなか眠れなかった。

篠崎弁護士に預けられていた手紙に書かれていたように、四十九日の翌日に小振りの箱が配達されたとき、書かれていたことは本当だったのだと嬉《うれ》しさと切なさが入り交じった。

何が出てくるかと期待に胸躍らせた和香奈は、遺影や花の飾られたリビングのガラステーブルの上で箱を開けた。

細長い箱が出てきた。その上に手紙があった。

〈まだ三十半ばの和香奈には必要なものだ。最初のプレゼントは上等のシリコンでできた男のシンボルだ。私のものより少しだけ太めだ。気に入ってくれるといいが。

和香奈、さっそく使ってみてくれないか。和香奈には一度もこんなものは使わないままだった。使わなくても十分楽しめたからな。

四十九日の間は、指だけで慰《なぐさ》めていたのだろうか。今夜から、これを私と思って使うといい。指で自分のアソコをいじって、ぬるぬるが出てから入れるんだ。ぬるぬるはすぐに出てくるだろうが、それも待てないなら、一緒に入れておいたゼリーを塗って入れるといい。だけど、これを見ただけで和香奈は濡れるはずだ。和香奈はよく感じるし、いやらしいことが好きだろう？

　いつもはしとやかな女でいながら、ベッドでは、どんな私の行為にも応えてくれる最高に可愛《かわい》いパートナーだった。恥じらう顔にそそられた。

　これを使うとき、どんな顔をして、どんな声を聞かせてくれるか楽しみだ。ちゃんと見ているから、絶対に布団を被ったりしないで、私によく見えるようにやってくれ。

　脚は大きく開いて、ほっくらしたお饅頭の中がよく見えるようにして、それから入れて遊んでごらん。

　次のプレゼントが届くまで、これでうんと楽しむように。〉

　手紙を読んだだけで、心臓が飛び出しそうになった。

　すぐに開けることができず、それを見つめたまま胸を喘がせた。そして、口に溜《た》まった唾《だ》液《えき》を呑《の》み込んだ。ドクドクと音を立てながら血液が勢いよく全身を巡っている。

　昨日の手紙に、何か奇抜なものがいい、とびきり驚かせたり喜ばせたりするものでないと面白くないと書いてあった。ひとりの淋しさを紛らすために、可愛い仔猫や仔犬をプレゼントされるのかもしれないとも思った。だが、あまりに予想外だった。

　細長い箱を開けるまで、和香奈はしばらく身じろぎもしなかった。

どれほど箱を見据えていたかわからない。やっと深呼吸して、細長い箱を開けた。そして、それを目にしたとき、和香奈は目を見開いた。

生まれて初めて見るいかがわしい大人の玩具《おもちゃ》だった。

二十センチはある肌の色をした肉茎は、男の太腿《ふともも》からもぎ取って目の前に突き出されたように思えるほど精巧で、側面の血管さえ浮き出ている。

衝撃と羞恥がない交ぜになった。体温さえ宿っているようで恐ろしくもあり、すぐには触れることができなかった。

天国の夫から届く贈り物のために、和香奈はわざわざ謙吾の好きだった着物を着て荷物を待った。

白地の夏塩沢の着物には柔らかく細い縦縞《たてじま》が入っているものの、遠目には無地に見える。その清楚《せいそ》な着物に、白地の帯を合わせると謙吾は目を細めた。

今日の帯は、生紬《なまつむぎ》に藍色《あいいろ》の虫籠《むしかご》と川の流れが描かれた涼しげなものだ。これも謙吾の好きなものだった。

だが、その楚々とした着こなしとは裏腹に、和香奈の総身は滾っていた。かっと汗ばんだ後、さらにじわじわと汗が滲《にじ》み出してくる。

そこだけ時間が止まっているように、和香奈は微動だにしなかった。

どれほどそうやって肉茎をかたどったものを見据えていたかわからない。ふっと我に返った和香奈は、ガラステーブルの遺影に目をやった。

どうした。プレゼントが気に入らないのか。手に取ってくれないのか……。

笑みを浮かべた謙吾がそう言っているようだ。

「こんなもの……こんないやらしいもの」

喘ぎながら遺影の謙吾に向かって口にした。

それが欲しかったんだろう？

今度はそう言われた気がした。

付き添っている病室で、謙吾に破廉恥に太腿のあわいをいじられることもあった。だが、個室とはいえ、いつスタッフがやってくるかわからず、実際、やってきた看護師の手前、悟られないように中断するしかなく、半端な愛撫のままに終わることもあった。

最後の法悦を迎えられないまま帰宅すると、続きが欲しく、ひとり寝のベッドでいつしか下腹部に手を伸ばし、指で花びらを揺らしていた。

謙吾が亡くなってからしばらくは哀《かな》しみが深すぎ、主《あるじ》が亡くなったことで雑事も多かっただけに、毎日疲れ果て、指で遊ぶことさえ忘れていた。

けれど、ひと月を過ぎた頃から二度と謙吾に愛してもらえなくなったという現実を実感し、切なさに襲われ、女の中心を貫く太い物が恋しくてならなくなった。二度とあの心地よい肉の棒が花壺に沈んでいくことはないのだと思うと、女としてやるせなかった。

指で花びらや肉のマメをもてあそびながら、あの太い物で貫いてもらいたい、女壺の中に屹立《きつりつ》を頬張りたいと下腹部が疼いた。

欲しくてならなかったものと同じ形をしたものが、今、和香奈の目の前にあった。

謙吾のものよりほんの少し太めに見える玩具は、和香奈を前にして勢いを増したときの剛棒にそっくりだ。

肌よりやや黒みがかった色調、側面の反《そ》り具合、肉の傘《かさ》の開き方……。

何もかもが謙吾のものに似通っている。

鼻から湿った息を噴きこぼしながら、和香奈は恐る恐る手を伸ばし、卑猥《ひわい》な道具に触れた。

「あっ！」

ふにゃりとした感触に、和香奈はぎょっとした。

硬いものとばかり思っていた。だが、その手触りには異物とは思えない生々しさがあり、想像していた異物の感触とあまりにちがう。荒い息を吐きながら、いかがわしい道具を凝視した。

少し動悸が収まったとき、和香奈は深呼吸して、ようやく淫具を手に取った。まるで血の通っている肉茎そのもののような質感だ。側面の硬さも謙吾のものと同じに思えた。

左手で淫具を握り、右の指先で側面をなぞっていった。今にもヒクリと動きそうで恐《こわ》い。肉傘の感触も実物のようだ。だが、亀頭に鈴口はついているが形ばかりのものだ。

肉体の一部をそっくりそのまま再現してあるようでいて、やはり、本物とはちがう。当たり前のことがわかってくると、わずかながら冷静さを取り戻した。

珍しさにいじりまわし、謙吾のものを愛撫したときのように、側面をつかんでスライドさせた。亀頭を人差し指の先で撫でまわした。親指と人差し指を輪にして、エラのところを行ったり来たりした。だが、いくら感触が屹立に似ていても、透明液は滲んでこない。

和香奈は淫具を鼻に近づけ、亀頭の匂いを嗅いだ。下腹部が妖しくざわめくオス独特の匂いがしない。形は似ていても異物の匂いだ。

一瞬、溜息《ためいき》が洩れた。だが、謙吾の手紙に、さっそく使ってみてくれないか、と書かれている。これを私と思って使うといい、とも書かれていた。

箱に入っていた手紙を、もういちど読み返した。

〈指で自分のアソコをいじって、ぬるぬるが出てから入れるんだ。ぬるぬるはすぐに出てくるだろうが、それも待てないなら、一緒に入れておいたゼリーを塗って入れるといい。〉

淫具に対する恐怖は徐々に薄れ、女壺に猥褻な大人の玩具を挿入する行為に関心が向いた。肉茎が沈んでいくときのアヌスや髪の生え際まで粟立《あわだ》つような心地よさを、もうどれほど味わっていないだろう。

指で慰めて極める快感は自分で呼び寄せることができるが、女壺での快感は相手がいなくては不可能だと思っていた。だが、淫具があれば、もしかして謙吾が与えてくれたと同じ悦楽を味わうことができるかもしれない。

初めて手にした男の印そっくりの淫具は、女壺に挿入するための大人の玩具だ。謙吾のものよりわずかに大振りの淫具だけに、女壺に入れることができるかどうかさえ和香奈にはわからなかった。

そんなことより、異物を自らの手で太腿のあわいに沈めることを考えるだけでも恥ずかしい。

謙吾の遺影を眺めた。

せっかくのプレゼントだ。入れてごらん……。

そう言われているような気もするが、和香奈自身の肉の渇きのせいかもしれなかった。

まだ日が高い。昼間から淫らなことをする勇気はない。

淫具をいったん箱に戻した和香奈だが、それからは何をするにも集中できず、荷物に同封されていた謙吾からの淫らな手紙を読んでは心騒ぎ、総身を熱くし、無理に仕事を見つけては躰を動かし、淫具のことを忘れようとした。だが、無駄だった。

そのうち、淫具のことを忘れようとしているのではなく、夜までの時間が長すぎ、じっとしていられないだけだと気づいた。

夜が待ち遠しかった。夜になれば破廉恥な道具を使える。想像するだけで下腹部が疼き、うるみが溢れてくる。和香奈は慌てた。

着物の下にショーツはつけていない。長襦袢《ながじゅばん》の下の湯文字がショーツ代わりとはいえ、それに大きなシミを作るのははばかられ、急いでショーツを穿いた。

ショーツにはすぐに丸いシミができた。まるで、女壺が猥褻な道具を一時も早く咥《くわ》えたいと言っているようだ。

〈これを見ただけで和香奈は濡れるはずだ。和香奈はよく感じるし、いやらしいことが好きだろう？〉

そんな謙吾の手紙を読み返すたびに、何もかも見抜かれていたと知り、恥じた。

そう……欲しい……大きいのが欲しいの……だって……だって……。

ずっと指だけで我慢していたのだと言いたかった。

夜になってもなかなか寝室に入ることができなかった。

こんなときに限って、遅い時間の配達があるかもしれない。電話が掛かってくるかもしれない……。

意識するあまり、余計なことが気になった。

九時を過ぎた頃、やっと風呂に入った。

肉マンジュウに載った翳りにシャボンを泡立て、隠れた部分を指先で洗った。花びらの脇の肉の溝《みぞ》も指で辿《たど》った。

風呂に入るたびに洗っている隠れた部分だが、洗っても洗ってもぬめりが溢れてくる。それに気づいたとき、いつもより念入りに清めているのに気づいた。

シャボンを洗い流し、椅子から立ち上がった和香奈は、洗い場の鏡の前で大きな息をひとつ吐くと、肉マンジュウを大きく左右に割り開いた。

目の前の鏡に、左右の手で破廉恥にくつろげられた肉マンジュウの内側が映っている。

自分の意思でそんなところを開いて見ることはなかった。だが、謙吾と結婚してから、時折、ベッドで手鏡を持たされ、行為を始める前の肉マンジュウの中を見るように言われた。

そんなときは、決まって行為を終えた後の変化した女園も見せられた。

最初の頃は、屹立の出し入れのときの摩擦《まさつ》によって可愛かった花びらがぼってりと充血し、丸々と太った芋虫《いもむし》のようにふくらんだ。その変化は恐ろしくもあり、恥ずかしくもあった。そんな充血した花びらを眺めながら謙吾は破廉恥なことを口にし、和香奈が羞恥に消え入りそうになるのを楽しんでいた。

今、鏡に映っている女の器官は、これからしようとしていることに昂ぶり、蜜を溢れさせ、ぬらぬらと光っている。

久々に目にした秘園は、謙吾がいつも綺麗だと褒めてくれたように、粘膜は透き通るような桜色をしており、小さめの花びらも左右対称に整っている。それでも、うるみにまぶされた女園は、欲情しているメスの器官だ。

「ああ、いやらしい……いやらしい私のアソコ……」

思わず口にした和香奈は、乳房を波打たせながら両手を肉マンジュウから離した。

ぬめりを清めるように、もういちど秘園にシャワーを掛けた和香奈は、浴室を出て躰を拭《ふ》いた。それでも、ワレメの中を指でなぞると、欲情のエキスでぬるりとした。

すぐにショーツにシミができるとわかり、和香奈はネグリジェだけを羽織《はお》ると、いかがわしい玩具を入れた箱を持って寝室に入った。

ベッドに入って半身を起こし、本物そっくりの感触の淫具を、もういちど指でいじって確かめた。やはり謙吾のものに似ている。

息苦しさを感じた。

今まで女壺に異物を入れたことはない。自分で慰めるときも、指で花びらや肉のマメを愛《め》でるだけだった。それで法悦は訪れていたし、自分の手で何かを入れてみようと考えたこともなかった。

そっと指を挿入してみたことはあったが、それを肉茎代わりに動かそうとは思わなかった。謙吾のものが入っていくソコがどんな感触か知りたかっただけだ。

指一本をやわやわと包み込む温かい肉のヒダに、謙吾も肉茎を沈めていくとき、こんなふうに心地いいのだと知った。けれど、自分の指を柔らかい花壺の中で動かすのは恐かった。入れた後は、そっと抜いた。

破廉恥なことをする後ろめたさに、和香奈は肌布団を躰に掛けてネグリジェの裾を捲り上げ、太腿のあわいに右手を入れた。翳りを載せた丘陵《きゅうりょう》のワレメは、まだ乾いていない。このまま淫具を入れることができるかもしれない。

口一杯に溜まった唾液を呑み込むと、和香奈は肌布団を掛けたまま太腿を開き、肉茎の形をした玩具の先を秘口に押し当てた。

激しい鼓動を聞きながら、屹立をグッと押した。だが、沈んでいかない。もういちど押した。なぜか入口で止まってしまう。

恥ずかしい行為に肌布団で躰を隠していた和香奈は、それを剝《は》いだ。そして、さらに大きく太腿を開き、左手で肉マンジュウをVの字にして精一杯くつろげた。それから、右手に持った異物を押し込んだ。

「んんっ……」

鼻から喘ぎが洩れた。

今度は少し沈んだ。また押した。ほんの二、三センチ挿入できたが窮屈だ。

今になって、謙吾の手紙に、自分でいじってぬるぬるが出てから入れるように書いてあったのを思い出した。待てないなら、同封してあるゼリーを塗って入れるといいとも書いてあった。

淫具は謙吾のものより少し大振りで不安もあったが、一年以上太い物を受け入れていない肉の渇きから一時も早く挿入したい誘惑に駆られ、何もかも忘れていた。それに、風呂上がりに躰を拭いたとき、すでに蜜は溢れていた。

淫具を抜き、また押し込んだ。さっきより少しだけ深く沈んだ。痛みはない。窮屈なだけだ。

秘口ぎりぎりまで淫具を引いた和香奈は、今度は抜かないで奥へと押し込んでいった。

「ああう……」

沈んでいくとき、思わず喘ぎが洩れる。

出し入れを繰り返すたびに淫具は深く沈んでいった。肉のヒダが押し広げられていく疼きに、総身がそそけ立った。

「はああ……」

眉間に深い皺を刻んだ和香奈の唇が半開きになり、いっそう喘ぎは艶《なま》めかしくなった。

女壺の底まで異物が沈んだとき、和香奈の鼻から熱い息がこぼれた。

破廉恥な行為に我に返り、かっと汗ばんだものの、恥ずかしい行為をやめようとは思わなかった。長く夫婦の行為から遠ざかっていただけに、肉ヒダへの刺激はうっとりするほど心地いい。

謙吾がいなくなり、二度と味わえないと思っていた感覚だ。とろけるような刺激に、アヌスまで疼いた。

「いい……」

奥まで屹立を沈めた手を止め、和香奈は泣きそうな声で口にした。

いいか。これが好きか。美味《うま》いか……。

かつての謙吾の言葉が脳裏を過ぎった。

「好き……これ、好き……」

和香奈は謙吾のものに貫かれている妄想をしながら、淫具を抜ける寸前まで引き、また押し込んでいった。

いつしか淫具は滑らかに動いている。

「はあああっ……んんっ……」

肉のマメまで脈打ち始めたようだった。

淫具を自分の手で出し入れする和香奈は、肉ヒダへの刺激がこれほど心地よかったのかと、あまりの快感に泣きたくなった。

押し込むとき、髪の毛の生え際までそそけ立つ。引くときのかすかな抵抗は、女壺の中が真空状態になっているからかもしれない。

「あは……ああう……はあっ」

和香奈は何度も淫具を行き来させた。蜜が溢れ、肉マンジュウに載っている翳りまでもねっとりとぬめりを含んで光っている。

総身にさわさわさわと、漣《さざなみ》のような悦楽の波が広がっていた。

手を止めた和香奈は、破廉恥なものを押し込んだまま、下腹部を眺めて荒い息を吐いた。

とうとうこんなことをしてしまったと、恥ずかしさに熱くなったが、亡き夫からの言いつけだと言い訳した。

自分の指で得られる快感は、一瞬にして走り抜ける火の塊のようなものだ。だが、女壺で得られる快感は、それとは異質の甘美さがある。

じんわりとした悦楽は、ほんのりと酔ったときの心地よさに似ている。大人の女でないとなかなか得ることができない快感だと謙吾に言われた。

確かに、女になって最初の頃は謙吾のものが女壺を行き来しても、そんな快感はなかった。突き上げる感覚だけだった。

それが、徐々に心地よい波となって広がっていくようになった。

和香奈は淫具を押し込んだまま、ナイトテーブルに手を伸ばして手鏡を取った。それを太腿の狭間に入れ、破廉恥な秘所を映した。

謙吾のものより太いものを咥え込んでいる秘口はまん丸く大口を開けている。淫具の動きによって汲《く》み出されたうるみで周囲がぬめり、涎《よだれ》を流しているようにも見える。

鏡に映った唖然《あぜん》とするほど貪欲《どんよく》な光景に、和香奈は目を見開いた。激しい羞恥に襲われ、手鏡を伏《ふ》せて淫具を抜いた。

屹立の側面はぬめついた蜜にまぶされ、乾いていたときより何倍も淫らな玩具になっている。

和香奈はそれを鼻に近づけた。無意識の動きだった。濃いメスの香りが鼻孔を刺激し、自分の匂いを思い出した。

「和香奈のアソコの匂いだ。いい匂いだろう？」

そう言って、謙吾が女壺に入れた指を和香奈の鼻先に突き出したことがあった。初めて知った自分の匂いは猥褻で、羞恥に消え入りそうになった。

淫具には、あのときと同じ匂いがこびりついている。

ナイトテーブルのティッシュを引き抜いて、濡れた淫具を置いた。心地よかった淫具には誘惑されるが、蜜にまみれたものをふたたび女壺に沈める気にならず、和香奈は横になると、また肌布団を下腹部に掛け、右の人差し指で肉のマメを丸く揉《も》みほぐし始めた。

カーテンのわずかな隙間《すきま》から光が差している。

目覚めた和香奈は、肌布団も掛けず、ネグリジェの裾が乱れた格好のまま休んでいたことに気づいて唖然とした。

ベッド脇のナイトテーブルに目をやると、肉茎の形をした淫具が載っている。しかも、グロテスクな玩具の表面に、乾いた蜜液が白くこびりついている。

恥ずかしさに汗ばんだ。

昨夜、自らの手で淫具を女壺に挿入し、動かした。だが、ふっと我に返り、羞恥に苛《さいな》まれて引き抜いた。けれど、半端な火照りに堪えきれず、指で肉のマメをもてあそんだ。そして、大きな法悦を迎えた後、疲れ果ててそのまま寝入ってしまった。

ネクリジェの下にはショーツもつけていない。淫具を使うことを考えただけでうるみが溢れ、穿いてもすぐにシミを作ってしまうとわかり、浴室から出ると何も穿かずに寝室に入ったのも思い出した。

慌ててネグリジェの裾を下ろした和香奈は荒い息を吐くと、汚した淫具を持って洗面所に向かい、水を流しながら洗った。

和香奈は謙吾の剛棒しか知らない。謙吾が初めての男だった。謙吾のものとそっくりの淫具の感触に、また心が騒いだ。

蜜のこびりついた玩具を目にしたときは罪悪感に苛まれたというのに、洗って綺麗になると、その感触のあまりの生々しさに、またも気持ちを搔《か》き乱された。

すでに使ったものにも拘《かか》わらず、初めて触れたときのように、硬いだけでなくやんわりとした感触のシリコン製の玩具を、和香奈は恐々《こわごわ》と握り締めたり、亀頭やエラの部分を指先でいじったりした。

何と淫らな女なの……。

昨夜の行為を恥じたが、一度知ってしまった粟立つような快感は、もはや手放せそうにない。夫を失ってひとり身になってしまった以上、いくら破廉恥なこととはいえ、これからは天国の謙吾から贈られた淫具を使って慰めるしかない。淫具がなければ心地よい膣ヒダの刺激は味わえない。

洗った淫具を拭いた和香奈は、タオルにくるんで寝室に戻り、ナイトテーブルの引き出しに入れた。誰も開けるはずはないが、それでも引き出しの奥に仕舞った。

気のせいか、太いものを咥え込んでいた秘口がじんじんする。謙吾の闘病中、指でもてあそばれ、女壺に指を挿入されたこともあるが、太い物を頬張るのは久しぶりだった。余韻が残っている。

目覚めたばかりというのに、下腹部がまた太い物を欲しがっている。謙吾から妖しいプレゼントが届かなければ、夜になってベッドで身悶《みもだ》えることはあっても、朝からこれほど火照ることはなかっただろう。

「どうしたらいいの……？」

和香奈は呟《つぶや》いた。

二章　淫惑

謙吾が立ち上げた経営コンサルティング会社は、優秀な人材が揃《そろ》っていた。中でも、謙吾が後を託した伊豆見は四十七歳の脂の乗った盛りで、いつ独立してもおかしくない実力があった。だが、謙吾を尊敬している伊豆見は、独立するより謙吾の近くにいることを選んだ。

謙吾からの適切なアドバイスによって業績が向上したり倒産からまぬがれた会社からクチコミで仕事は広がり、いつしか優秀な人材も謙吾の会社に集まることとなった。

謙吾が亡くなったとき、中小の多くの経営陣達も別れを惜しんだ。そのとき、すでに伊豆見は注目されていた。謙吾が伊豆見の力量を評価し、何かあれば自分の後継ぎだと公言していたこともある。

謙吾亡き後も、会社は伊豆見を中心にスムーズに運営されている。謙吾の一年に及ぶ闘病生活の間に、細々《こまごま》したことまで伊豆見に伝えられたこともある。

そんな伊豆見が和香奈の屋敷にやってきたのは、四十九日から一週間後だった。伊豆見は初七日、二七日《ふたなのか》、三七日《みなのか》……と、律儀に毎週、線香を上げに来ている。お伺いしてよろしいでしょうかと、必ず訪問前には電話が入る。

四十九日の後は新盆《にいぼん》かと思っていたが、いつものように花籠を抱えてやってきた。

リビングで渡されたアレンジメントには、真っ白い紫陽花《あじさい》と縁取りが薄紫の白いトルコ桔《き》梗《きょう》が交じっている。

緑の葉と、白と薄紫の花の組み合わせはあまりにも清純で、その彩りに、和香奈は、まあ……と息を呑んだ。

「毎回、どんな花がいいかと考えるんですが、結局、店の人がうまくやってくれます。気に入っていただけましたか」

「こんなすっきりした組み合わせ、初めてです。何て上品なんでしょう。夫も喜んでくれますわ。でも、お忙しいでしょうし、あまりお気遣いなさらないで下さいね」

ガラステーブルの遺影の横に花を置いた和香奈は、伊豆見のために用意しておいた香ばしくややほろ苦いコーヒーを出した。

「ここのコーヒーは店で飲むより美味《おい》しいですね。喫茶店をなさったら、きっと大繁盛ですよ。コーヒーは美味《うま》い。ママは美人。評判になります」

「またそんなこと」

場をなごますのがうまい伊豆見に、和香奈はくすりと笑った。

「こんなことを言っていいのかどうかわかりませんが……」

カップを置いた伊豆見のまじめな顔に、和香奈は小首をかしげた。

「いつも奥様は色っぽいですが、一週間前より一段と艶《あで》やかで、玄関ではっとしたんですよ」


毎夜、淫具で恥ずかしいことをしているせいだろうか……。

破廉恥な行為を悟られたのではないかと、和香奈は汗ばんだ。

四十九日の翌日に届いた謙吾が生前用意していた贈り物は、本物の肉茎そっくりの外見で、感触も驚くほど似通っている大人の玩具だった。

いかがわしい道具に和香奈は心騒ぎ、恐れ、それでも誘惑には勝てず、その夜から毎日、淫具を使っている。

使った後は自分の行為を恥じ、罪悪感で一杯になり、二度と使うのはやめようと思うものの、夜になると下腹部が疼き、決して誘惑に打ち勝つことはできなかった。

一週間前より一段と艶やかだと伊豆見に言われると、そんなものを使って肉の疼きを鎮めているためだろうかと、毎夜繰り返している恥ずかしすぎる行為を脳裏に浮かべた。

悟られるはずはないが、もしかして勘づかれているのではないかと、まともに伊豆見の顔を見られなくなった。

「こうして毎週お邪魔しているのは、線香を上げさせて戴《いただ》くためだけじゃなく、奥様が気掛かりだからです。社長には、奥様のことをよろしく頼むと言われていますし。やつれていらっしゃったらどうしようと心配でならないんです。でも、先週より生き生きとしてらっしゃるように見えて、本当に安心しました。きっと社長が寄り添って見守って下さっているんでしょう。奥様にぞっこんでしたからね」

いかがわしいものを使っているのを悟られたらどうしようと不安が掠《かす》めた後だけに、和香奈は胸を撫で下ろした。

「時間が経《た》つほどに淋しくなるものだとおっしゃった方がいらして、これからが不安です……まだ夫がいなくなったことが実感できていないのかもしれません……出張していて、今夜にでも帰ってくる気がするんです」

嘘《うそ》ではなかった。淫具を送ってきたのも悪戯で、帰宅するなり、あれはどうした？　とニヤリとして尋ねられるのではないかと思うことがある。

「いつもここにいらっしゃいますよ。霊感もなく、社長のお顔を拝見できないのは残念ですが、きっとここにいらっしゃいます。大丈夫です」

伊豆見はきっぱりと言い切った。

〈これを使うとき、どんな顔をして、どんな声を聞かせてくれるか楽しみだ。ちゃんと見ているから、絶対に布団を被ったりしないで、私によく見えるようにやってくれ。〉

淫具に添えられていた手紙の一部が過ぎった。

謙吾は毎夜、恥ずかしい行為をする和香奈を傍らで眺めているのだろうか……。

頬のあたりが、かっと火照った。

「お酒でも呑まれましたか」

「え？　いえ……何だか熱くて」

エアコンが入っているにも拘わらず、和香奈は慌てて両手を頬に当てた。

「ますます色っぽくなられて、眩《まぶ》しいですよ」

伊豆見が唇を弛めた。

伊豆見に対して今まで異性を意識したことはなかったというのに、色っぽいと言われ、和香奈は落ち着かなくなった。

「あの……コーヒー、もう一杯いかが？」

伊豆見の近くにいるのがいたたまれなかった。

「長居は無用ですね。でも、もう一杯、戴きます。ここのコーヒーは僕の好みです」

「香ばしくて少し苦いのがお好きとお聞きしましたから」

「じゃあ、僕の好みで豆を買って下さってるんですか」

「何種類か買ってありますから……ブレンドしたりもしますし」

和香奈は慌ててそう言うと、キッチンに入った。

謙吾が亡くなってから頻繁《ひんぱん》に屋敷を訪れる伊豆見のために、好みに合うものを買っている。だが、客の好みがわかっていれば合わせるのは当前だ。

伊豆見に限ったことではなく、日本茶好きの客には日本茶を出すし、それも、甘いのが好きな客には低い温度の湯で時間をかけて淹《い》れる。それなのに、いつになく伊豆見を意識しすぎて落ち着かない。

二杯目を運ぶとき、伊豆見は窓際の観葉植物を熱心に眺めていた。

「テーブルヤシに花が咲いてるんですね」

「えっ？」

「あれ、気づきませんでしたか？　ほら、この黄色いの」

コーヒーカップをテーブルに置いた和香奈は、伊豆見の横に立った。

「あら……これ、実じゃないんですか？」

小豆《あずき》より小さく、丸い実のようだ。毎年つくが、今まで実とばかり思っていた。

「花ですよ。ほら」

「小さくてよくわからないわ」

「虫眼鏡があるといいんですが」

老眼の謙吾が使うことがあったルーペを思い出した。

引き出しから出すと、さっそくレンズ越しに眺めた。

小豆より小さな黄色い丸いものは、やはり花には見えない。その中央が三角に近い形に割れ、そこからきらりと光る透明な蜜がたっぷりと溢れている。粘着質なのか、まん丸い水玉の形のまま、そこに留《とど》まっている。

「まあ……綺麗……今までこんなに熱心に見たことはなくて……これが花？　不思議だわ」

「僕もルーペで見せてもらっていいですか？　花というのは知ってたんですが、拡大してまで見たことはなくて」

和香奈は伊豆見にルーペを渡した。

「おお……見事ですね……こんなに蜜を出して」

テーブルヤシの花を見た伊豆見の言葉で、和香奈は夜の行為を思い出し、また躰が火照った。

淫具を見ただけで女芯から蜜が溢れ、恥ずかしいほど濡れるようになった。いや、淫具のことを考えるだけで、昼間からじっとりと濡れてしまうようになっている。

「テーブルヤシの花の観察までできて、本当によかったです」

ルーペを和香奈に戻した伊豆見は、ソファに戻ると二杯目のコーヒーを口に運んだ。

テーブルヤシの小さな花から溢れ出していた蜜と自分の女園を濡らすうるみを重ねてしまった和香奈は、今度こそ伊豆見に秘密を嗅ぎ取られてしまったのではないかと思った。

「何かお困りのことはありませんか？」

「えっ……？」

唐突な質問に動悸がした。

「社長には、奥様のこともよろしく頼むと言われていますし、どんな小さなことでもお力になりたいと思っています」

「いえ、今は何も……」

彼岸《ひがん》の謙吾と心は通じていても、二度と女として愛してもらえない。肉の渇きはどうすることもできない。だが、それを淫具が潤《うるお》してくれる。ひとりになった和香奈に必要なものを、謙吾は死後に送り届けてくれたのだ。今必要なものは、火照った躰を癒《いや》してくれるものだけだ。他には何も思い浮かばなかった。

「天井の電球が切れたから交換してほしいとか、そんなことでも遠慮なくおっしゃって下さい」

伊豆見が本気とも冗談ともつかぬ口調で言った。

「じゃあ、そのときはお願いするかもしれません」

和香奈も故意に悪戯っぽく返した。

「雑用は任せて下さい。仕事以上に力が発揮できると思います。今日は奥様の艶やかなお顔を拝見できて、美味しいコーヒーも戴いて、テーブルヤシの花の観察もできたんですから、いい時間でした。長居してしまってすみません」

「あの……お酒、召し上がられるならお出ししますよ。私はあまり戴けませんけど」

謙吾はここで伊豆見とよく酒を酌《く》み交わしたものだった。時には和香奈には理解できない難しい話もしていたが、若いときの思い出話などにも花が咲いていた。深夜に及ぶときは、酒のつき合いのできない和香奈に、先に休むようにと、いつも気遣いを見せる謙吾だった。

「コーヒーだけで十分です。これで失礼します」

コーヒーカップが空になると、伊豆見は席を立った。

門扉まで伊豆見を送ってリビングに戻った和香奈は、空になったコーヒーカップを眺めて溜息をついた。

客が帰った後、ほっとすることもあれば、淋しさに襲われることもある。今夜はもうすこし伊豆見と話していたかった。

だが、テーブルヤシの花に目を向けた和香奈は、照明に照らされた花蜜が、宝石のようにきらりと光っているのに気づき、毎夜手にするようになった誘惑の道具へと関心を移した。

淫具を使うようになって一週間、日々、貪欲になっていく。洗っても洗っても、淫具にメスの匂いがこびりついてしまっているような気がしてならない。


亡き謙吾から二度目の宅配便が届いたのは、伊豆見が帰って間もない時間だった。前回は日中に届いただけに、最終の時間指定で届くとは思いもしなかった。

伊豆見が使ったコーヒーカップを洗うとき、すでに和香奈の心は夜ごと使うようになった淫具に向いていた。これから風呂に入り、女園を丁寧《ていねい》に洗い、謙吾の剛棒とそっくりな感触をした男形を使って恥ずかしいことをするつもりだった。

そんなときの宅配便に、風呂に入る前でよかったと思ったものの、送り主が謙吾とわかったときは動悸がした。

品名には雑貨と書かれているが、何が入っているのか予想もつかない。重くはないが、前回よりかなり大きめの箱だ。

開ける前から息苦しくなった。

中から出てきたのは、ワインレッド、ピンク、薄紫、白、黒の五色のベビードールと、それぞれとセットになった同じ色のショーツ、内容のわからないDVDだ。

五枚のベビードールはデザインはちがうが、どれもスケスケのシースルーで、よほど度胸がなければ着られない。かなり襟《えり》ぐりも広く開いている。

それだけでも目を疑ったというのに、セットになっているショーツを手にしたとき、あまりの破廉恥さに汗ばんだ。

二重底の太腿のあわいの部分が、五枚とも、まるで肉マンジュウの合わせ目のように縦に開いている。穿いたときは女園が隠れたとしても、太腿を開けば恥ずかしい部分を隠しておくことはできない。

最初は縫製ミスかと思った。だが、五枚ともデザインがちがい、どれもクロッチ部分に裂け目が入っているのがわかると、そんなインナーと考えるしかなくなった。

しばらく呆然としていた和香奈は、箱の中の封筒に気づいた。謙吾からの手紙だ。

〈最初のプレゼントは気に入ってくれたと思う。まだ使っていないなんてことはないだろうな。

こうして手紙を書いている今、まだ最初のプレゼントも和香奈の手に渡っていない。だが、これが届く頃はすでに使ってくれているだろう。和香奈がどんな顔をしてあれを使い、どんな声を洩らすのか、ゾクゾクしながら傍らで見ているだろう。感想が伝えられないのが残念だ。

今日は、大胆なベビードールのプレゼントだ。和香奈は和服を着るとそれなりに落ち着いて見えるが、それでもかなり歳《とし》より若く見える。こんなベビードールも、まだまだ似合うはずだ。

元気なときに、どうしてこんなものを着せなかったのか悔やまれるが、あれこれ考えなくても、そのままで色っぽく可愛いかった。こんなものを着せていたら、とうに精を使い果たして、旅立っていたかもしれないな。〉

天国に旅立った謙吾からの二通目の手紙を読みながら、いくらプレゼントとはいえ、スケスケのベビードールなど着られないと和香奈は思った。

〈ショーツも大胆だろう？　こないだ送った玩具を使うとき、このショーツなら穿いたままで使える。上品な和香奈がこんなショーツを穿いて玩具を使うのを想像しただけで勃起《ぼっき》してしまう。

今夜から、日替わりでセクシーなベビードールをつけて私を楽しませてくれ。ＤＶＤも楽しんでほしい。

プレゼントはこれで終わりじゃないから、次も楽しみにしておくといい。しばらく退屈しない夜にしてやりたい。

今夜は何色のものを選ぶ？　セクシーなショーツをつけてからでないと、こないだの玩具は使っちゃいけない。傍らで見ているから、ちゃんと言いつけを守るんだぞ。〉

なぜショーツに破廉恥なワレメがあるのか、手紙を読んでようやくわかった。そのショーツを穿いていれば、そのまま太腿を開いて淫具を秘口に挿入できるのだ。想像しただけで顔が赤らんだ。

五枚のシースルーのベビードールを広げておくこともできず、和香奈は箱に仕舞った。

そんな恥ずかしいものを身につけることはできない。だが、淫具を使わずに休む自信はない。淫具など知らなかった一週間前までのように指だけで慰め、それで満足できるとは思えなかった。

ＤＶＤも入っているが、今、呑気《のんき》に見る気分ではなく、入浴の後か、明日にしようと思い、浴室に入った。

すでに女園がぬめついている。いつものように、流しても流してもぬるぬるはなくならない。下腹部が、淫具を使いたいと訴えている。膣ヒダは太いものを呑み込む快感を知っている。

謙吾が亡くなり、二度と肉茎が沈んでいく悦楽を味わうことはできないと思っていた。けれど、謙吾は代わりのものを贈ってくれた。今夜も使いたくてたまらない。だが、破廉恥なショーツをつけて淫具を使う勇気はない。

ぬるぬるを洗い流せないまま和香奈は浴室を出た。そして、謙吾が気に入っていたネグリジェをつけ、ショーツも穿いた。

寝室に入れば淫具を手に取ってしまいそうだ。謙吾は今日のプレゼントを身につけてからでなければ使ってはいけないと書いている。謙吾の遺言に反することはできない。

下腹部の半端な火照りを持て余した和香奈はリビングのソファに座り、箱からＤＶＤを出した。それを見て眠くなれば淫具を手にしなくても眠れるかもしれない。

どんな内容であれ、今は目の前を無意味な映像が過ぎっていくだけだろう。

だが、淫具を使っている女が画面に現れたとき、和香奈は仰天し、硬直した。

画面に写っている女は畳の上で膝を崩《くず》し、しどけない格好で紅い長襦袢の裾を割り、自らの手で陰部に沈めた淫具を動かしている。

「あは……はああっ」

眉間に悦楽の皺を寄せた女の唇から艶めかしい喘ぎが洩れた。

いかがわしいＤＶＤがあるのは知っていたが、和香奈にとっては別世界のものだった。一生、目にしないまま終わるはずだった。それが、彼岸に旅立った謙吾からのプレゼントに含まれていた……。

画面の女は美しいだけでなく気品さえ備えているというのに、恥ずかしすぎる行為を人前で行っている。

悩ましい表情がアップになったり下腹部に移ったりすることで、固定カメラではないとわかる。

女が異物を使った猥褻な行為をしているだけでも衝撃だというのに、その近くに他人がいるとわかり、二重の驚きだった。

そのうちに、カメラは女の紅い長襦袢の中だけを撮り続けた。

グロテスクな肉茎を握って動いている手は白く、シルクのようにしっとりとしている。美形の顔に似合いのほっそりした美しい指には、薄いピンクのマニキュアが塗られていた。

最初は淫具を秘口に出し入れしている行為を眺めるだけで頭の中が一杯になっていた和香奈は、そのうち何かしら不自然な気がした。

女の肉マンジュウには、たった一本の翳りもない。だが、子供のようなふくらみの内側には、大人の器官があり、秘口一杯にピンク色の淫具を頬張っている。

和香奈は喉を鳴らした。

「んふ……んんっ……はああああっ」

堪えきれないように女が洩らす甘やかな喘ぎに、和香奈の息が荒くなった。まばたきさえ忘れて見入った。

ぐちゅっ、ちゅぶっ、ちゅぶぶっ……。

やがて、淫らすぎる蜜音が広がった。

和香奈の頬にぱっと朱が走った。

これ以上見てはならない、消さなければと思っても、初めて見る他人の自慰から目が離せない。奥ゆかしそうな女と淫猥な行為のギャップが、よけいに和香奈の好奇心を掻き立てた。

淫具を出し入れする秘口から蜜液が溢れ、周囲はぬめりで覆われている。どんなに上品な女でも、肉の祠で太いものを咥え込めば、こんなにも貪欲な姿になるのだ。

一週間前、初めて淫具を使った和香奈は、秘口に淫具を沈め、手鏡に映して眺めたことを思い出した。そのとき女園はうるみで一杯で、ご馳走《ちそう》を前にして涎を垂らしているように見えた。あまりに破廉恥な光景だった。

画面に映っている女は、動かしていた淫具を深く沈めたまま、もう片方の手で肉のマメを円を描くように揉みほぐし始めた。

淫具を沈めたまま肉のマメを慰めている女の指先はしなやかだが、小粒の真珠玉のようなパールピンクの宝石を包んでいる肉のサヤはぬめぬめとして、貪欲そうにぼってりとふくらんでいた。

「あは……ああっ……はああっ」

女の喘ぎが大きくなると、和香奈の息も乱れ、乳房も波打った。

そのうち美形の顔にレンズが向いた。

深くなっている眉間の皺、何かを訴えているように見える切なそうな目、かすかに開いた唇から白い歯がこぼれ、妖しく光っている……。

女はさっきよりはるかに艶めかしく、同性から見てもぞくりとするほど悩ましかった。

紅い長襦袢に隠れている肩先の揺れが激しくなってきた。女が下腹部の指の動きを速めたのがわかった。

絶頂を迎えるために一気に刺激を強めたとわかるだけに、和香奈も熱い息を鼻からこぼしながら画面を凝視した。頭の中が沸騰しているように熱い。

「あっ、あっ、あっ……」

女の喘ぎの間隔が短くなってきた。

「あっ……んんっ！」

次の瞬間、顎《あご》を突き出し、口を開け、ほっそりした首を伸ばした女が、眉間の皺をさらに深く刻んで硬直した。

悦楽を迎えたのがわかった。

女の濃艶《のうえん》な表情を和香奈に見せつけた後、ふたたびカメラは下腹部の長襦袢の中を写した。ペニスそっくりの淫具が押し出され、女壺から抜け落ちるところだった。すでに肉笠のあたりまで抜け出していた異物は、またたくまに秘口からこぼれ出た。

長襦袢の上に落ちた淫具にはうるみがこびりつき、湯気を出しているようだ。生々しさにメスの匂いさえ漂《ただよ》ってきそうな気がした。

カメラが引いた。

気をやった後のどんよりとした目をした女が、精根尽き果てたというように、畳に崩れ落ちた。

そこでＤＶＤは終わった。

しばらく画面に映っていた女のように放心していた和香奈は、我に返ると、下腹部の冷たい感触に、慌ててネグリジェを捲り上げた。

シルクのショーツに丸いシミができている。洩らしたように大きなシミだった。

ネグリジェまで染みているかもしれないとソファから立ち上がって調べると、やはり臀部《でんぶ》の方にショーツより小さめのシミができている。

躰は正直だ……。

よく謙吾がベッドで口にした言葉だ。

破廉恥な自慰のDVDを見て昂ぶっていた自分を偽《いつわ》ることはできない。

汚したネクリジェとショーツを脱いだ和香奈は、一度は仕舞い込んだセクシーすぎるスケスケのベビードールの中からワインレッドを選び、股間にワレメのある揃いの色のショーツも穿いた。

浴室脇の広い洗面所兼脱衣場の鏡の前に立つと、今まで見たこともない自分が映っていた。ベビードールに身を包んでいるとはいえ、肌が透け、乳房も乳首もはっきりと見える。ショーツを穿いているので、かろうじて茂みのあたりは隠れているものの、オスを誘惑するためだけに作られた衣装としか思えない。紅い色は情欲の色だ。

他人のような自分の姿をひとときも見つめた和香奈は、恐る恐るベビードールの裾を引き上げ、ショーツを見つめた。翳りが綺麗に透けている。

それ以外は普通のショーツに見えるが、合わせていた太腿を離していくと、ショーツの底が肉マンジュウのワレメに沿って、ぱっくりと口を開けていった。

湿った息を鼻からこぼしながら、和香奈は開いたショーツの裂け目を指でなぞった。翳りを載せたワレメが直《じか》に指に触れた。

縦割れのショーツのホールを通り越した指先で、いつにもまして多量のぬめりを溢れさせている湿地を滑《すべ》った。

鏡を見つめた和香奈は、さっき自慰をしていた女のように口を半開きにし、切ない視線を自分に向けた。眉間に悩ましい皺ができ、欲情したメスの顔になった。

自分の顔を見つめたまま、和香奈は指で花びらをいじった。立ったままそんなことをすることはなかっただけに、それだけでも昂ぶった。

初めて見たDVDの強烈な女の行為に燃え滾り、洩らしたように秘園を濡らし、破廉恥な衣装まで身につけてしまった。

一週間前の謙吾からの贈り物を受け取ってから、日に日に淫らな女になっていく。

「んふ……」

ぬるぬるの二枚の花びらを人差し指でいじりまわすと、すぐに喘ぎが洩れた。

いっそう艶めかしい表情になった。

自分の顔だけを見つめて女の器官をもてあそぶ和香奈は、脳裏に焼きついてしまった女の映像を思い浮かべた。

あんな上品な女でさえ、グロテスクな異物を使って、あれほど恥ずかしいことをするのだ。あの女も夫を亡くしてしまったのだろうかと、自分の境遇と重ねた。だが、誰かが女の傍らにいた。あの行為を映している者がいた。

あれほど恥ずかしい行為を見せられるのは、よほど信頼できる人物だからだろうか……。そう考えると、自分は謙吾にならら見せられるかもしれないと、思いを巡《めぐ》らせた。

今までは隠れて破廉恥なことをしているつもりだったが、「傍で見ている」と謙吾の手紙に書いてあった。和香奈は恥ずかしい行為を謙吾に見せたくなった。

見て。見て。見て。和香奈の恥ずかしい姿を見て……。

鏡に映った自分の顔を見つめたまま、ぬめりで滑りそうになる花びらをいじりまわした。肉のマメも細長いサヤ越しに揉みほぐした。小粒の宝石玉は敏感だ。たとえサヤ越しでも、じきに絶頂がやってくる。だが、指だけでそのときを迎えたくなかった。

今は肉茎そっくりのものがある。ＤＶＤの女も、淫具を自分の手に持ち、酔ったような表情を見せながら出し入れしていた。

和香奈は膣ヒダで快感を得たかった。届いてから夜な夜な誘惑されて使うようになった淫具を、強い刺激を受けた今、使わないでいられるはずがない。

〈セクシーなショーツをつけてからでないと、こないだの玩具は使っちゃいけない。傍らで見ているから、ちゃんと言いつけを守るんだぞ。〉

そんな謙吾の手紙を読んだ直後は、大胆すぎるベビードールを着ることはできないと思った。まして、陰部が割れている破廉恥なショーツなど穿けるはずもなかった。

それが、今は発情している一匹のメス獣となり、男を誘うようなスケスケのインナーをつけて下腹部で指を動かしている。だが、指で慰めて法悦を極めても、今夜は心までは満たされないだろう。

太い物で貫かれたい、女壺一杯に太い物を受け入れたいと、和香奈の肉ヒダは疼いていた。肉茎の代わりに使うように贈られた淫具には、一週間でメスの匂いが染みついてしまった。気のせいかもしれないと思うこともあるが、毎夜使っていれば、そのうち、いくら洗っても取れない淫らな匂いがこびりついてしまうはずだ。

和香奈は鏡の中の、唇までぬめついているように淫らに光っている妖しい顔を眺め、秘園から指を離した。そして、洗おうとした濡れている指先を、ふっと止めた。

ひととき指先を凝視した和香奈は、それを鼻に近づけ、息を吸った。独特のメスの淫臭が鼻孔を刺激した。

風呂に入った後だというのに、淫猥なDVDを見ているうちにすっかり濡れてしまった。陰部を清めて一時間も経っていないというのに、すでにオスを誘う誘惑臭を放っている。

恥ずかしすぎる匂いだ。だが、謙吾はその匂いを嗅ぐと、肉茎が雄々しく勃《た》ち上がり、心までとろけそうになると言っていた。世界中、どこを探しても、これほど刺激的で、芳しい匂いはないと言った。

謙吾はなぜ若くして旅立ってしまったのかと、和香奈は欲情するほどに淋しさを感じた。

謙吾との生活で肉の渇きを感じることはなかった。和香奈は性に貪欲でもなく、自分から求めたこともなかった。謙吾がほどよい間隔で求めてきて、十分に満たしてくれた。

自分の指で頻繁に慰めるようになったのは、謙吾が入院し、病室で和香奈の秘部に触れるようになってからだ。

スタッフの出入りがあり、極める前にやめなければならなくなったとき、中途半端な火照りのままに帰宅した。そんな日は、燃え尽きなければ眠りにつくことができなかった。

謙吾が亡くなった直後は、葬儀や関係者との応対、諸々の手続きなどでクタクタになった。哀しみや疲労で目が冴えていたこともあるが、肉の渇きを感じる心の余裕はなく、やがて眠りについた。

それが、五七日《いつなのか》、六七日《むなのか》となるにつれ、指が下腹部へと伸びるようになった。それでも、今のように激しい渇きは覚えてはいなかった。

和香奈が淫らになったのは、四十九日の翌日、肉茎の形をした玩具が届いたときからだ。恐れと好奇のない交ぜになった中でそれを使い、かつての自分ではなくなったような気がした。

今夜は謙吾からの二度目の贈り物を開いて、昨日までよりさらに淫らになっている。肉マンジュウのワレメに沿ってワレメのある破廉恥なショーツに指を入れ、立ったまま鏡の前で女園をいじった。

途中でやめて寝室に入ったが、それを穿いたまま淫具を使うと思っただけで総身が熱い。忍びやかに行っていた自慰を、ここ数日は肌布団も被らずに行うようになっている。そして、秘口に淫具を押し込むと、それを鏡に映して見たくなり、我慢できなくなってしまう。そんなものを挿入するだけでもいやらしい気持ちで一杯になるというのに、陰部が口を大きく開けて太いものを咥え込んでいるはしたない光景を手鏡で見ると、呼吸が乱れ、いっそう昂ぶった。

今夜は今までのうちで最も猥褻だ。

元々丈の短いワインレッドのベビードールを、さらに胸の方にまで捲り上げ、穴あきの破廉恥なショーツを穿いたまま、淫具を押し込んでいる。

翳りを載せた肉マンジュウがショーツの底のぱっくり開いた裂け目から覗き、女の器官もいつもよりグロテスクに見える。

そこに淫具を頰張っているだけに、世の中にこれ以上の猥褻なものはないように思えた。

さっきまでは亡き謙吾に、見て、と積極的に話しかけていた和香奈だったが、淫らすぎる光景を目《ま》の当たりにして汗ばんだ。

手鏡を置き、急いで肌布団を被った。

ひととき息をひそめていた和香奈は、やがて、ゆっくりと淫具を動かし始めた。

「はああっ……あなた……だめ……」

謙吾に淫具を動かされている妄想を浮かべた。

『だめか？　やめるか？』

淫具の動きを止め、謙吾にそう言わせた。

ひとときでもじっとしていると肉ヒダが疼いた。

「して……して」

和香奈はすぐに淫具を動かし始めた。

謙吾との営みで膣ヒダも開発され、今は最初とはちがう敏感な器官になっている。淫具がヒダを滑ると、躰の末端にまでぞくぞくと快感が広がっていった。

「あなた……ああっ……もうすぐ」

とてつもなく熱い。

和香奈は布団を剝ぎ、精一杯素早く淫具を動かした。

「んんっ！」

絶頂の波が押し寄せた。


目覚めると気怠《けだる》かった。

毎朝、和香奈は前夜の行為を思い出し、後ろめたさを感じてしまう。

最初の頃のように、使った淫具がナイトテーブルの上に剝《む》き出しになっていることはなくなったが、法悦を極めた後は洗いに行く気力もなくなり、ティッシュにくるみ、さらにタオルに包んで置くようになっている。その後、すぐに眠りの底に沈んでしまう。

ここ一週間の朝一番の仕事は、淫具にこびりついて乾いてしまった女蜜を洗うことだ。

スケスケの破廉恥な衣装に身を包んだ姿が鏡に映ると、淫らすぎる女になってしまったことが疚《やま》しく、謙吾からの贈り物とはいえ、本当は和香奈を試すためではなかったのかと、いつもとちがう思いが浮かんだ。

そんなものを使うとは思わなかった……。

もしかして謙吾はそう思い、呆れて眺めているのではないかと不安になり、何度も同封されていた手紙を読み返した。そして、使いなさいと言われていると確信した。それでも後ろめたかった。

上品な女が淫具を使って自慰をしているDVDも気になり、夜になると必ず見てしまう。

淫具、破廉恥なナイティ、DVD……。

四十九日以後、謙吾からそれだけのものが届いているが、三回目の贈り物が何か、和香奈には想像もできなかった。

リビングから庭を眺めると、真っ白い酔《すい》芙《ふ》蓉《よう》が咲いている。真夏の朝、純白に開いた八重の花びらは清々しい。そこだけ霊気が宿っているようだ。

朝は純白でも、昼にはうっすらと桜色に染まり、夕方にはその色を濃くして終わる一日花は、謙吾が好きだと言って植えた木だ。

「芙蓉と言えば酔芙蓉。しとやかで上品で、美味い日本料理を食べながら美味い日本酒を酌み交わしていると、うっすら染まってくる色白美人の頬や目元。色っぽい女相手に料理も酒もますます美味くなり、ご馳走様の後にやることはひとつ」

謙吾はそんなことをよく言っていた。

和香奈はさほど酒は強くなく、すぐに目元がぽっと桜色に染まった。

いつから酔芙蓉が咲き始めたのか、和香奈は気づかなかった。昨日咲き終わったとわかる濃いピンクの花がいくつか丸くなってしぼんでいる。庭を眺める心の余裕もなくしている。心の余裕というより、他のことに心囚《とら》われていた。

白い花を見て自宅を出、帰宅が夜になる謙吾は、一日家にいられるときは、酔芙蓉の移ろう色を楽しんでいた。

和香奈はリビングから酔芙蓉を眺め、淫らな気持ちが静まるようにと念じた。だが、染まっていく花を眺めていると、自分の指でもてあそんでいるうちにぽってりとふくらんで色づいていく下腹部の花びらが脳裏に浮かんでしまい、なおさら淫靡《いんび》な気持ちになって困惑した。


三度目の謙吾からの贈り物は二回目から五日後の正午過ぎに届いた。

ＤＶＤとコンドームだった。


〈和香奈と破廉恥なＤＶＤを見たことはなかったが、初めての感想はどうだ？　和香奈と同じことをしていて興味津々だっただろう？

女がひとりで遊んでいる姿はいじらしくて可愛い。和香奈が自分でしている姿は、ＤＶＤ

の女より、もっともっと可愛いはずだ。

コンドームは何に使うかわかるか？　いい男ができたときに使うのもいいが、まずは最初の贈り物に被せて使うといい。毎日アレを使った後、洗ってるんだろう？　コンドームを被せて使うと便利だ。

初めて和香奈に私のムスコにコンドームを被せてもらったのはいつだったかな。そんなものを使う必要はなかったが、和香奈がどんな顔をして、どんな手つきで被せてくれるのか見たかった。

恥ずかしそうに、それでも言われるままに慎重に被せていく和香奈を見ているだけで、ムスコは呆れるほど元気になったものだ。ひくつくムスコに戸惑っていた和香奈の表情は、今もしっかりと覚えている。

和香奈はコンドームのことを「お帽子」と言ったな。和香奈らしいと思った。

まだまだ若い和香奈に性のない生活は可哀相だと思って趣向を凝らしているが、人生は長い。家の中で楽しんでばかりいないで、たまには外で羽目を外すといい。

篠崎先生や伊豆見君に、たまには食事にでも誘ってやってくれと言ってある。家の中ばかりにいるんじゃないぞ。〉

謙吾からの思いやりある言葉に切ないほどの幸せを感じるとともに、淫具に被せて使うためのコンドームが入っていたのには赤面した。そんなコンドームの使い方など想像したこともなかった。

コンドームの箱を眺めた後、気になるＤＶＤを手にしたが、前回のように内容はわからない。いかがわしいものが映っている気がした。

夜が待てなかった。

リビングのカーテンを引き、息をひそめて大型テレビの画面を見つめた。

前回届いたのと同じＤＶＤの女の顔がアップになった。それだけで動悸がした。

艶めかしく育ちのよさそうな女の顔は、それだけで男心をくすぐるだろう。切なそうな表情には、同性の和香奈さえ魅せられた。

カメラが徐々に引き、総身を映していった。

白に近い桜色の長襦袢の胸元がくつろげられ、椀形《わんがた》の乳房が剝き出しになっている。血管の透けた白いふくらみの中央で、小さな果実に似た乳首がツンと勃ち上がっていた。

徐々に全体が現れ、布団の上で横になっている女の全身が映った。

長襦袢の胸元だけを大きく左右に開かれ、乳房を剝き出しにされた女の姿は、素裸で横になっているより淫らだ。

画像の前を黒い影が過ぎった。男だ。

横になった女の下腹部に男が近づいた。そして、女の長襦袢の裾を捲り上げた。

白い脚があらわになっただけで和香奈の鼓動が乱れた。

女の太腿が押し上げられ、割り開かれ、Mの字になったとき、ドクドクと流れていた血液が、さらに激しい激流となって総身を駆け巡った。

太腿のあわいが映り、前回のように翳りのないつるつるの肉マンジュウが現れた。破廉恥に中心を割り開かれたことで、土手のワレメもぱっくりと割れ、早くも透明なうるみが溢れている。

男の手が、さらに秘園を大きくくつろげた。

左右対称の淡い色をした花びらは女の面立ちに似て、品よく整っている。

だが、いくら楚々とした器官でも、秘すべきところを故意に剝き出しにされ、映像に撮られ、他人に見られ、女にとっては理不尽だろう。それでも、最初の映像を見るまで自分以外の女の秘所を見たことがなかった和香奈は好奇心を消し去ることができず、またも、まばたきを忘れて見入った。

肉マンジュウを破廉恥に広げている男の手にも昂ぶった。そうやって、和香奈も何度も謙吾に秘所をくつろげられ、見つめられ、目だけで嬲《なぶ》られ、羞恥に身悶えたものだった。

男の手は動かない。それでも、和香奈の息は乱れた。

左右に開いた肉の土手と、その中の女の秘所だけが、画面一杯に映っている。

静かだ。時間が止まっているようだ。だが、静止画ではないのは、花びらのあわいの肉の祠からじわりと蜜が溢れ出し、留まることができず、やがて会陰《えいん》を伝ってしたたっていくかすかな動きでわかった。

和香奈の秘口からもぬめりが溢れていた。

そのうち、女が耐えきれなくなったように、腰をくねりとさせた。溢れたぬめりで、花びらもねっとりとしている。

女は視線だけで感じていた。

「んふ……」

催促するようにひそやかに喘ぎながら、女がまた腰をくねらせた。

見られているだけのもどかしさは、和香奈にもわかる。

いずれ屹立で女を貫くつもりだろうと思ったとき、男の頭が女の太腿の狭間に埋もれた。

和香奈の喉がコクッと鳴った。

「あは……んんっ……はあああっ」

微妙に動く黒い頭の動きに合わせ、女の艶めかしい喘ぎが広がり、すぐさま、ぴちゃっ、ぺちょっ……と、破廉恥な舐《な》め音が広がった。

男の頭のわずかな動きしか見えないが、舌の動きが想像できる。和香奈は映像を見ているだけで腰をもじつかせた。

「はああっ……んん……あは、はああ」

舐め音とともに、しめやかな女の喘ぎが絶え間なくこぼれてくる。

男の頭が邪魔になり、女の肉マンジュウの中は見えないが、謙吾にそうやって愛された過去を思い出し、和香奈の下腹部はいっそう疼いた。

レンズが女の顔をとらえた。悦楽に身を浸している歪《ゆが》んだ顔は艶やかだ。潤《うる》んだような目の動き、眉間に刻まれた皺、濡れたような色っぽい唇、そこから洩れるしっとりとした喘ぎ……。

こんなに美しい女の顔は見たことがない。元々美形の女だが、男に愛されている最中だからこそ、これほど色っぽいのだと気づいた。

「んふ……んんっ」

泣きそうな顔に見える。心地よすぎると無意識のうちにこんな顔になると、和香奈もいつしかわかるようになった。

初めて謙吾から舌戯《ぜつぎ》を受けたとき、逃げ出したいほど恥ずかしかった。そして、感じすぎて小水を洩らしそうになり、腰を振りたくって舌戯から逃れた。

「洩らしてもいいんだ。気持ちよすぎて洩らしそうになったんだろう？」

苦笑しながら言った謙吾の言葉に、和香奈は顔を覆ったものだった。

恥ずかしくてならないのにうっとりとするほど気持ちがよく、たまに謙吾が意地悪く顔を離して舌の動きを止めると、思わず腰を突き出し、続きをねだってしまうこともあった。

「ああう……はああっ」

今は女の顔だけしか映っていない。だが、何をされているかわかる。生温かい舌が花びらを揺らしたり、尾根を辿ったり、花びらの脇の肉の溝を行き来したりしているのだ。

和香奈もその愛撫がほしかった。息を詰めて見つめた。

「あっ……」

女の喘ぎが変わった。肉のマメに触れられたのかもしれない。

して……。

私にもして……。

和香奈は思わずスカートに手を入れ、ショーツの中に指を潜《もぐ》り込ませた。

肉マンジュウの中は呆れるほどぬるぬるしている。自分を焦らす余裕はなく、和香奈はすぐに肉のマメを包皮越しに揉みしだき始めた。早く法悦を極めたかった。

た。


「んんっ……」

鼻から喘ぎが洩れた。

そのとき、電話が鳴った。

飛び上がるほど驚いた和香奈は、ショーツから手を出すと、ソファの傍らの受話器を取った。

「はい……」

「伊豆見です。今、よろしいですか？」

「ええ……」

精一杯平静を装って返事した。

「たまには外で食事などいかがですか？　実は勝手に予約を入れてしまったんですが」

伊豆見の潑溂《はつらつ》とした声がした。

混乱していて、すぐに言葉が出なかった。

「その気になりませんか？　無理にとは言いません」

気を悪くした様子もない、いつもの伊豆見の口調だ。

「あの……いつ？」

恥ずかしいことをしていたと知られているはずもないだろうが、女園をいじっていた手で受話器を握っている。和香奈は動揺していた。それを悟られまいと、意識して言葉を出した。

「五日です。都合がつかないようでしたら、日にちを変えます。あれ、お客様ですか？」

「え？」

「声がしたような気がして」

和香奈の全身が火照った。

音量は小さくしているつもりだったが、舌戯を受けている画面の女の喘ぎが伊豆見の耳に届いたのかもしれない。

和香奈はリモコンに手を伸ばし、スイッチを切った。心臓が高鳴っていた。

「お客様でしたか」

「いえ、テレビをつけていたので……すみません……あの……五日でも大丈夫ですから」

和香奈は伊豆見の意識を早く別に移さなければと思った。

「よかった。素敵なお屋敷と庭があって、一日いても優雅な時間が流れるでしょうが、やっぱり、たまには外に出た方がいいですからね」

伊豆見は店の場所や時間を告げた。

電話が切れると、和香奈は大きな息をついた。そして、受話器に指のうるみがついているのに気づき、慌ててティッシュで拭き取った。だが女の匂いがこびりついてしまったような気がして、さらに濡れティッシュで拭いた。

それからどっと疲れ、ソファに座り込んだ。伊豆見には破廉恥なことをしていたことは悟られなかっただろう。

電話の音に冷水を浴びせられたような気がしたし、自慰に対する後ろめたさや指戯《しぎ》を途中で中断されたこともあり、気分がすっきりしない。半端な火照りがくすぶっている。

ふたたびショーツに手を入れる勢いは殺《そ》がれてしまったが、見終わっていないＤＶＤが気になった。

和香奈は続きを見るためにリモコンを押した。

「あは……はああっ……んんんっ」

アップになっている女の顔は恐ろしいほどに妖艶《ようえん》だ。唇だけでも魅惑の女そのものだ。美しいのに淫らすぎる。

気を殺がれたはずが、画面を見つめていると、すぐにむらむらと情欲の炎が燃え盛った。

和香奈は胸を喘がせながら艶やかな女の表情を見つめていたが、下腹部に移ったカメラが微妙に動く男の頭を映し、ぺちょぺちょっ……と淫らな舐め音をさせたとき、ふたたびショーツに手を入れた。

三章　奇遇

夏の暑さが厳しい。

久々の外食は和服にしたかったが、朝から三十度を超えているだけに、ひとしきり迷った和香奈はノースリーブのワンピースにした。

出掛《でが》けに、いつものように玄関の大きな鏡に全身を映すと、白地に青い花柄が入った涼しげなワンピースが、自分をいつもより女らしく見せているような気がして、じっと見入った。共布で作られたベルトがウェストをすっきりと見せている。何度も着ているワンピースだが、これまでと雰囲気がちがうのが不思議だ。

胸元には、ワンピースの花柄と同色のブルーサファイアのネックレスを合わせた。このネックレスも、初めて合わせたものではなかった。

いつになく長く鏡の前に立っていた和香奈は、口紅もいつもより心なしか紅いように感じ、首をかしげた。

謙吾がいなくなってしばらくは鏡に映る顔がやつれて見え、一気に歳を取ったような気がした。だが、二カ月ほど経った今日の顔は、なぜか若く見える。

〈たまには外で羽目を外すといい。
篠崎先生や伊豆見君に、たまには食事にでも誘ってやってくれと言ってある。家の中ばかりにいるんじゃないぞ。〉

謙吾からの手紙にもそう書いてあった。だが、そのために誘いを受けたのではなく、伊豆見から電話が掛かってきたとき、舌戯を受けている女のＤＶＤに見入っていた。そして、我慢できないほど昂ぶり、指で肉のマメをもてあそんでいた。

だからこそ、心臓が止まるほど仰天した。平静を装って話したつもりだが、まともに対応できるはずもなく、考えもしないで受けた誘いだった。

伊豆見はそのとき、予約した日時や店の名前、場所を口にしたが、上の空で覚えられるはずもなく、メモすることさえ忘れていた。

後でファックスが送られてきたことで和香奈はほっとした。しかし、今になって、伊豆見に、お客様ですか、と訊かれたことが気になり始めた。

テレビをつけていたと言い訳したし、音量をしぼっていたので喘ぎ声とは気づかれなかっただろうと思うものの、もしや……と不安がつのった。しかし、素知らぬ振りをしていた方が利口だと考えた。

待ち合わせの和風料理店はビルの中にあった。

店に入ると和傘《わがさ》や扇子《せんす》が飾られ、竹筒に吾亦紅《われもこう》や桔梗が挿されていたりして、一瞬にしてビルの中というのを忘れさせた。

「お先にお着きです」

伊豆見の名前を言うと、薄物を着た仲居が和香奈を奥へと案内した。

「お連れ様がお見えになりました。失礼します」

備前と書かれた部屋の前に立ち止まり、仲居が障子《しょうじ》を開けた。

「ご足労をおかけしました」

伊豆見ひとりと思っていたが、妻の香穂《かほ》も一緒だった。

「遅くなりまして……」

まだ約束の時間まで十分あるが、和香奈はそう言った。そして、香穂さんもご一緒とは思いませんでした、と口に出そうになるのを、すんでのところで堪えた。

形ばかりの床の間に備前緋襷《ひだすき》の花入れが置かれ、白い木槿《むくげ》が生けてある。

「思っていたよりお元気そうでほっとしました」

席に着いた和香奈に、白いシルクのブラウスの似合う香穂が安堵の笑みを向けた。

香穂は和香奈よりひとつ年上の三十七歳。顔が小さくショートヘアのこともあり、和香奈より若く見えることもある。理知的な雰囲気で、いかにも伊豆見に似合いの妻だ。

「何から何までお世話になってしまいました」

和香奈は頭を下げた。

「いえ、何もできずにすみません」

香穂が控えめに言った。

香穂にはこれまでも何度か会ったことがある。ふたりだけでのつき合いはなかったが、好感を持っていた。だが、今日は香穂の顔を見るなり落胆した。伊豆見とふたりきりの食事のつもりだった。特別にふたりきりで話さなければならないこともない。ただ、ふたりでいたかった。

「会社をお任せできて、夫もほっとしていることと思います」

和香奈は笑みを装い、香穂から伊豆見へと視線を移した。

「ほっとしていただけるかどうかはこれからです。がっかりさせないようにしたいものです。懐石を頼んだんですが、日本酒、少しいかがですか？」

伊豆見が勧めた。

「じゃあ、少しだけ」

「そういえば、お電話したとき、テレビをつけたまま、お疲れでうとうとなさってたんじゃありませんか？　慌てていらしたような気がして申し訳なかったです」

動転していたことを伊豆見に悟られていたとわかり、和香奈は動揺した。

電話を切った後、受話器にうるみがついているのに気づいて狼狽《ろうばい》し、慌てて拭き取ったことも思い出した。

「あのときは、ちょっと庭に出ていて、部屋に戻ったばかりだったものですから……」

いかがわしいＤＶＤを見て昂ぶり、日中から自分で慰めていたことなど知られるわけにはいかない。和香奈はとっさの嘘をついた。

「今、お庭には何の花が咲いていますか？」

香穂からの質問に、話題を変えられると和香奈は胸を撫で下ろした。

「酔芙蓉が綺麗です。朝顔は雑事にかまけて植えられなかったんですけど、去年の種が落ちていたのか、芽が出てきて、ずいぶんと蔓《つる》が伸びてきました。夫が元気なときはグリーンカーテン用のネットを張ってくれましたが、去年からはそれもできなくなって……」

「まあ、残念でしたね。こう見えても伊豆見はけっこう器用なんですよ。来年はお手伝いしてさしあげたら？」

香穂の視線が正面の和香奈から隣の伊豆見へと移った。

「まだ間に合うならやりますよ」

「いえ、そんなことまで……」

「こないだお宅でテーブルヤシの花を観察できたと、伊豆見がとても喜んでいました。蜜がたくさん出ていたと。伊豆見は花が好きなんです」

「ああ、あれは素晴らしかった。いいタイミングでした。酔芙蓉の白は早朝でないと見られませんね。この暑さなら午前中に染まってしまうでしょうし、朝早くからお伺いできないのが残念です」

「奥様は色白で、お酒を召し上がったら、そのまま酔芙蓉におなりになりそう」

「そうか、酔芙蓉より綺麗かもしれないな」

「まあ、かもしれないなんて失礼だわ。綺麗に決まってるでしょう？」

香穂が軽く咎《とが》めた。

「このとおり、ときどきデリカシーがないと叱《しか》られるんです」

伊豆見が笑った。

夫婦でいられるふたりが羨《うらや》ましく、和香奈の胸に、ふっと淋しさが過ぎった。

冷酒を呑みながら、懐石料理はゆっくりと進んだ。

「あの、急に今夜、九州から姪《めい》が来ることになりまして、私はここで失礼しますけど、もう一軒、伊豆見につき合って下さいません？　雰囲気のいい飲み屋さんがあるそうなんです。私も楽しみにしていたんですけど」

香穂が申し訳なさそうに言った。

「まあ、日にちをずらしていただいてもよかったんですよ。すみません」

和香奈の方が恐縮した。

「なあに、急に連絡が入ったんです。今夜の九時過ぎになると言うし、大丈夫です。女同士の話には僕が邪魔なようですし、もう一軒おつき合いいただけませんか？」

香穂もふたりの時間を勧めている。今夜はこれでおしまいになると思っていただけに、これから伊豆見とふたりになれると思うと、ふいに和香奈の気持ちが弾んだ。

香穂は最後までつき合えないことを詫《わ》びながら、タクシーに乗った。

香穂を送って伊豆見とふたりきりになると、和香奈はくつろいだ気持ちになった。香穂に気を遣っていたことに気づいた。

「久々の外出で疲れませんか？　でも、家にばかり籠《こ》もっていては躰によくないです。たまには気分転換しないと。編み物もお得意だと聞いていますが、そんな時間はありますか？

掃除や庭の手入れで、あっというまに一日が終わってしまうのかもしれませんね」

謙吾からの破廉恥なプレゼントに溺《おぼ》れ、短い間に堪え性のない淫らな女になっている。肉茎の形をした淫具で毎日恥ずかしいことをしている姿など、伊豆見には想像できないだろう。

「ぼうっとしているうちに一日が終わってしまいます……」

和香奈は伏し目がちにこたえた。

「この暑さですしね。これからご案内するのは雰囲気のいい店で、たまにひとりのときや友人とグラスを傾けることがあるんです」

「夫とも？」

「いえ、残念ながら。というのも、一年ほど前にできた店で、もうご主人は入院なさっていました。お元気なら気に入って下さったと思うんですが……いえ、やっぱり自宅で呑む方がいいとおっしゃったでしょうね。奥様の手料理で呑むのがいちばんということでしたから。僕もお宅で呑むときは楽しかったです」

じゃあ、時々いらして……と言いたかったが、女ひとりの部屋に酒を用意し、伊豆見ひとりを呼ぶわけにはいかない。かといって、夫婦でご一緒にという気にもならない。それではかえって夫婦が羨ましく、辛《つら》くなるのは目に見えている。

「お酒、あまり戴けずにすみません」

「酒は雰囲気を楽しめばいいんです。たしなむ程度がいいですよ。それに、呑めるかどうかは体質ですから。奥様の呑み方は実に上品で感心しています」

さりげない言葉が和香奈を幸せな気分にした。

伊豆見は香穂の夫だ。けれど、一緒にいると落ち着く。謙吾が亡くなってから、どれだけ世話になっただろう。

謙吾の死を悼《いた》んで毎週のように花をたずさえて自宅にやってきて、紳士的な対話をして帰っていく。危険な香りのしない男だけに、よけいに気になる男になってしまった。

謙吾から届いた破廉恥な道具を使い始めたとき、これで肉の渇きは癒されると思った。だが、口戯を施される女のＤＶＤを見て、やはりひとりではできない営みがあるのに気づいた。

それからは妄想がふくらむばかりで、謙吾だけでなく、伊豆見にも秘所を舐めまわされ、そんなことはだめ……などと言いながら淫具を動かしていることもある。伊豆見は謙吾の部下や会社の新しい責任者というだけでなく、いつしか異性になっていた。

「ここです」

ひとときよからぬことが脳裏を過ぎっていたときだっただけに、伊豆見の声に和香奈は我に返った。

テナントビルの建ち並ぶ中、周囲と比べて、ひときわ高級感溢れる建物だ。

こういうところにさりげなく入れる伊豆見は、謙吾以上に仕事の力を発揮し、会社を大きくしていく男だろうと頼もしかった。その頼もしさに、新たにオスを感じて心騒いだ。

エレベーターでふたりきりになったとき、和香奈は息苦しさに困惑した。伊豆見を異性として感じるようになったことをいつになく強く意識し、戸惑っていた。

今も亡き謙吾を愛している。将来にわたって他の男と結婚するつもりもなければ、香穂の夫とわかっている伊豆見と深い関係になることもないだろう。伊豆見がそんな男でないこともわかっている。だからこそ、辛かった。

五階のワンフロアすべてが「ブルームーン」という店だ。中に入ると、青みがかった優しい照明の空間は落ち着きがあり、客達は静かに酒と料理を楽しんでいた。

「カウンターしか空いてないようですが、僕はここのカウンターはけっこう好きですよ」

テーブル席で伊豆見とふたりになりたかっただけに、和香奈は少し落胆した。だが、十四、五人座れそうなカウンターも右の方が数席しか空いていない。

「軽いカクテルにでもなさいますか？　ワインがいいですか？」

「伊豆見さんは？」

「僕はここではいつもジンライムです」

「じゃあ、私もそれを戴くわ」

「だめです。奥様には強すぎます」

「一杯なら大丈夫。私も同じものを」

和香奈はバーテンにそう言った。少し酔ってみたかった。こんなところで酔えばどうなるのか。伊豆見はどうするのか。そんなこともちらりと脳裏を掠めた。

「同じジンベースでロイヤル・フィズはいかがですか？」

バーテンが和香奈に笑みを向けた。

「ああ、それにしてくれ」

和香奈がこたえる前に、伊豆見がそう言った。

「コクもあるし、疲労回復にもいいカクテルなんです。それにしても、何もかも夢のようです。葉月さんが亡くなられたのも、今、こうして奥様とふたりでここにいられることも。一度、こうして奥様と呑んでみたかったんです」

鵜《う》呑《の》みにしていいのなら嬉しいが、仲のいい伊豆見と香穂は、毎日のように睦《むつ》み合っているのではないかと思った。

ふたりの夜の営みが脳裏に浮かび、孤独と嫉妬《しっと》を感じた。そして、そんな自分に気づいた和香奈は、淫らな女になっただけ、肉の渇きも激しいのだと狼狽した。

和香奈の目の前に置かれたロイヤル・フィズは細かく泡立っていた。

「美味しいわ」

爽《さわ》やかで呑みやすく、喉が渇いていた和香奈は、伊豆見のジンライムが半分残っているときにグラスを空けた。

「口に合ったようですね。次は何がいいでしょう」

「同じものがいいわ」

「別のものがいいですよ。卵がひとつ入っていたんです。飲み過ぎはどうかと」

伊豆見が苦笑した。

「同じジンベースで、さっぱりしたオレンジ・フィズにしましょうか」

またもバーテンが助け船を出した。

バーテンの言葉どおり、オレンジ・フィズは爽やかで、さほど強くないカクテルだとわかった。

客が入ってきた。

「ここ、よろしいですか？」

「どうぞ」

背後の男の声に、伊豆見が愛想よくこたえた。

和香奈の隣の席が空いていた。和香奈も声の主に顔を向けた。

カップルだった。和服の女を見た瞬間、和香奈は心臓が止まるほど驚いた。

送られてきたＤＶＤに映っていた自分の手で淫具を秘口に出し入れしていた女だ。二本目に送られてきたＤＶＤでは男の口戯を受け、艶めかしい声を上げていた。

和香奈はそんなはずがないと思い、弱いカクテルと思って呑んでいたが、酔ってしまったのだろうかと困惑した。

「どうかしましたか？」

伊豆見が怪訝《けげん》な顔をした。

「あ……いえ」

こんなところで女に会うはずがない。何度も繰り返しＤＶＤを見ていたために、長襦袢の画像の女と和服の女を混同しているだけだ。

「隣に人がいるのが気になるようなら、ボックス席が空いたら移ります」

客に聞こえないように、伊豆見は和香奈の耳元で囁《ささや》いた。

「いえ……ここでかまいません」

心臓の音が伊豆見に聞こえているのではないかと、和香奈はよけいに動揺した。

女が和香奈の隣に座った。

「お隣にすみません」

女が和香奈に会釈した。

全身が心臓だけになり、ドクドクと激しい音を立て始めたようだった。

上質の夏大島とわかる白い粋《いき》な着物の女は、やはり何十回も見てしまったDVDの女だ。

二本とも悩ましい女の顔が長く映され、その微妙な表情の変化で心地よさが伝わってきて、それだけで和香奈は疼いた。

下腹部が映されているときと同じように女の表情や喘ぎだけで興奮し、見るたびに和香奈の鼻から熱い息が洩れ、いつしか自分の指を秘園で動かしていた。

ベッドに入ると、女と同じように淫具を使わずにはいられなかった。いや、淫具を使わずにはいられなくなり、ベッドに入ってしまうようになった。

なぜここに女が……と思いながら、やはり勘違いではないかと思った。

白大島の和服を粋に着こなした女はグラスホッパーを、連れの背広の男はギブソンを頼んだ。

あまりアルコールの強くない和香奈は、謙吾と呑むときも注文は任せていた。カクテルの名前もほとんど知らないだけに、女が和香奈の知らないカクテルを頼んだだけで、アルコールに精通しているような気がした。

女を見た瞬間、DVDの女と思って仰天したが、まさか……という思いが強くなってきた。

この女が淫具で自慰をするなど考えられない。舌戯を受けていたDVDも何度も見てしまったが、連れの男と静かに会話を楽しんでいる姿を見ると、あの女と同一人物のはずがないと思えてきた。

それでも、口戯を受けて悩ましい顔をしていたのがこの女なら、相手は隣の男だろうかと、いつしかまたDVDの女と結びつけていた。

左隣の女が気になり、美しい緑色のカクテルが女の前に置かれると、和香奈はさりげなさを装って、それに手を伸ばした女の白い指先に視線をやったり、カウンターの奥を眺める振りをして、ちらりと女の横顔を見たりした。

「たまにはこんなところもいいでしょう？」

「えっ？」

伊豆見が何を言ったのかわからず、和香奈は慌てた。

「どうしました。何か気掛かりなことでも？」

「いえ……とても素敵なお店ですね。こんなお店は久しぶりで、あちこちに目が行ってしまって……」

伊豆見の言葉に和香奈は慌ててこたえた。

「気に入っていただけてよかったです。お困りのことなどおありでしたら、僕でもいいし、女房にでもいいし、遠慮なくおっしゃって下さい。まずは朝顔のネットでしたね」

伊豆見が笑った。

「まあ……そんなこと、お願いできません」

「僕も植物が好きなんです。せっかくですから、のびのびと蔓を伸ばしてやれたらと思って」

「あっ！」

そのとき、隣の女が声を上げた。

手にしたグラスが何かの拍子に傾いたのか、緑色のカクテルが和香奈のワンピースの膝から裾へとしたたっていった。

和香奈も慌てた。

「ごめんなさい！」

隣席の女が膝に載せていたハンカチを取り、ワンピースを拭き始めたとき、バーテンもすぐにおしぼりを差し出した。

和香奈はおしぼりを受け取って、濡れた部分を叩《たた》いた。

「本当にごめんなさいね……」

かなり濡れてしまった。すぐには乾かないだろう。困ったと思いながらも、和香奈は女を責める気にはならなかった。

「大丈夫です」

「いえ、大丈夫じゃないわ。グラスホッパーには生クリームも入っているの……」

女が困惑の表情をした。

当惑して眉間に小さな皺を寄せた女に、やはり自分の手で淫具の出し入れをしたり、男の舌戯を受けたりしていたＤＶＤの女だと、和香奈は今度こそ確信した。

この女の喘ぎ声と悩ましい表情には、どんな男も興奮せずにはいられないだろう。同性の和香奈さえ女の快感がそのまま伝わってくるように感じ、我慢できずに恥ずかしいことを繰り返した。

「ごめんなさいね……」

泣きそうな女の顔を見ると悩ましく喘いでいた画面の顔と重なり、和香奈は動悸がして言葉をなくした。

「今日買ったあれ、ちょうどいいんじゃないか？」

「えっ？　そうね。きっとちょうどいいわ」

連れの男の言葉に、女がやっと安堵の笑みを浮かべた。

「買ったばかりのワンピースです。私と同じような体つきでいらっしゃるから、化粧室でお召し替えになっていただけません？」

「えっ……？　すぐに乾きます。帰りはタクシーですし、お気遣いなく」

思いもよらない言葉に和香奈は驚いた。

席を立った男が、入口でバーテンに預けておいたらしい荷物を手にして戻ってきた。

「和服で出かけていながら、歩いていたらマネキンが着ていた服が気に入ったと言って、試着もしないで買ってしまったんですよ」

苦笑した男が、黒地に水玉模様の入ったふんわりとした生地を袋から出した。水玉は微妙に大きさがちがい、数種の色が混ざっている。

「どうぞ」

「とんでもないです……」

「お召し替えしていただかないと困ります」

また女が泣きそうな顔をした。

「どうぞ、ご遠慮なく」

男が畳まれているワンピースを差し出した。

「せっかくそこまで言って下さっているんです。お借りしたらどうですか？」

伊豆見の言葉に、はっとした。買ったばかりのものを差し上げますと言われているとばかり思っていた。和香奈は自分の思い込みが恥ずかしかった。

「では、お言葉に甘えさせていただきます」

ワンピースを受け取った和香奈は、洗面所に入った。一流の店に見合った清潔で広い洗面所だ。

磨き抜かれた大きな鏡の前の花瓶《かびん》に、みごとな藤色の薔薇《ばら》が挿されている。甘やかな香りはそこから漂っているのに気づいた。人工の芳香剤ではない贅沢《ぜいたく》すぎる自然の香りだ。

荷物もゆったりと置けるほどの個室に入り、和香奈はこぼれたカクテルで濡れたワンピースを脱いだ。

胸元と裾にたっぷりとレースを使ったベージュ色のシルクのスリップは、出掛けに伊豆見を意識して選んだものだ。

渡されたワンピースを着た和香奈は、化粧室の鏡に映った姿を見て目を見張った。予想以上に似合う。今まで着ていた白地から黒地に変わったこともあり、別人のようだ。

この店に来てから不思議な時間が流れている。現実なのか夢なのかわからなくなる。

ここを出れば和服の女は消えているのではないか。伊豆見もいなくなっているのではないか……。

そんなことを考えながら濡れたワンピースを小さく畳んで化粧室を出ると、変わらぬ空間が広がっていた。

「まあ、お似合いだわ！」

「おう、ぴったりじゃないか」

女と連れの男が感嘆の声を洩らした。

「似合いますよ。さっきと雰囲気がまるでちがいますね」

伊豆見も驚いている。

社交辞令とも思えず、和香奈は単純に嬉しかった。

「あなたの方がお似合いだわ。汚したものは綺麗にしてお返しします」

「いえ、自宅で洗います」

クリーニングに出すつもりだが、そう言った。

「そういうわけには参りません」

女は和香奈の手からワンピースをさっと取り上げた。

「困ります……」

「気にされてるんですから、お任せしたらどうですか？」

伊豆見の言葉で、ようやく女に任せる気になった。

「紫津乃《しづの》が……妻がご迷惑をおかけしました。藤波《ふじなみ》と申します」

男が名刺を差し出した。

「葉月です……」

「葉月さん……素敵なお名前ですね」

「葉月は苗字です……名前は和香奈と申します」

時々、苗字を名前とまちがわれることがある。

「やっぱりいいお名前。お連れ様は？」

今度は紫津乃が尋ねた。

「伊豆見さんです……主人が亡くなり、会社を継いでいただきました。とても頼りになる方です。さっきまで奥様もご一緒だったんですが……」

和香奈は、奥様、を強調した。

「まあ……お淋しいことでしょう。これも何かのご縁です。これから時々お会いしたいわ」

紫津乃の言葉に和香奈は動悸がした。

ここ十日ほど毎日見ているＤＶＤに映っていた女と出会うなど、想像もできなかった。今もまだ現実ではないような気がしている。

紫津乃はなぜあんなものを撮られ、なぜそのＤＶＤは外に出まわってしまったのだろう。紫津乃も藤波も流出には気づいていないだろう。

顔は映っていないが、舌戯を施していたのはこの男だろうか……。

それなら、ふたりを映していた人物は……？

和香奈は迷路に入り込んだような気がした。

「化粧室の薔薇、とても綺麗でいい香りでした」

紫津乃との出会いが衝撃的なだけに何を話していいかわからず、和香奈は藤色の薔薇のことを口にした。

「ブルームーンだわ。お店の名前と同じ薔薇」

紫津乃は和香奈にそう言った後、目の前のバーテンに視線を向けた。

「はい、今夜もブルームーンを飾らせて戴いています。夜空のブルームーンは毎年は見られませんが、ここでは毎日でも見ていただけます」

大気の影響で青く見える月だけでなく、ひと月の間に二度満月があるとき、後の方の満月をブルームーンと呼ぶ。それをバーテンが口にしたのはわかったが、まだ化粧室に立っていない紫津乃が薔薇の名前を先に口にしたことで、この店の常連かもしれないと思った。

「ブルームーンを見ると幸せになるという言い伝えはご存じですか」

バーテンが和香奈に向かって温和な顔を向けた。

「ここに来ればいつでも幸せになれますから、またいらして下さいっていうことなのよ」

和香奈にそう言った紫津乃が、くすりと笑った。

「素敵な方とこうして巡り会えて幸せだわ。でも、お召し物を汚されてしまって、和香奈さんにとってはとんでもない日になってしまったかしら。これから末永いご縁ということで、どうか粗忽者《そこつもの》の私を許して下さいね」

紫津乃はワンピースをクリーニングして戻し、それで終わりのつもりではないらしい。

この世に自分と瓜《うり》ふたつの人間が三人いると聞いたことがある。それなら、紫津乃はDVDの女とそっくりなだけだろうかと、また和香奈は迷った。

「お召し物を汚してしまったカクテルですけど、グラスホッパーはミントが入っていて、とても爽やかなの。よかったらご馳走させていただけないかしら。エスコート役の伊豆見さん、よろしいですか？」

「じゃあ、それでおしまいですね。三杯目になりますから」

伊豆見の言葉の後、紫津乃は二杯のグラスホッパーを頼んだ。

同じ色のカクテルが自分と紫津乃の前に並ぶと、和香奈はそっとカウンターの下で手の甲を抓《つね》って痛みを確かめた。

紫津乃と出会ってから、今の時間が夢か現実かわからない。現実と思っては夢かもしれないと思い直し、また現実だと思い、それでも、あまりに非現実的な出会いに、別の空間に紛れ込んでしまったのかもしれないと思ったりもする。

「よろしくね」

そう言った紫津乃と乾杯したとき、左目尻《めじり》によく見なければわからないほど小さな黒子《ほくろ》があるのに気づいた、

淫具を動かし、舌戯を受けて喘いでいたのが紫津乃かどうか、もういちどＤＶＤを見て確かめたいと、和香奈は昂ぶった。

伊豆見に自宅前までタクシーで送ってもらった和香奈は、十時を過ぎていたが、コーヒーでもいかがですかと、一応、口にした。

「いえ、こんな時間ですから失礼します」

和香奈は再度の誘いはしなかった。

伊豆見はタクシーを降りたが、そこから動かなかった。

門扉を開けた和香奈が、さらに進んで玄関前で振り返ると、会釈した伊豆見は待たせていたタクシーに乗って帰って行った。

出かけるときは伊豆見のことしか考えていなかったというのに、今は紫津乃のことで頭が一杯だ。紫津乃との出会いは衝撃的だった。

和香奈はリビングに入ると、毎日見ているＤＶＤをすぐに映した。

男の舌戯を受けている女の顔がアップになると、思わず躰を乗り出した。

「んふ……あはあ……」

喘ぐ女の左目尻には小さな黒子があった。

それを見た瞬間、全身がそそけ立った。

やはり、喘いでいる女は紫津乃だ。悩ましい女の顔を何度も見てきたというのに、今まで黒子には気づかなかった。和香奈はこれまでとちがう感情で画像を見つめた。

悩ましい表情から下腹部へと画像が移った。毎回、ＤＶＤを見るたびに昂ぶっていたが、今日は官能の昂ぶりだけでなく、あの上品な人当たりのいい紫津乃と同一人物とわかったことで、見てはならないものを見ている思いがいっそう強まった。

肉マンジュウに一本の翳りもないことを知って最初の日に仰天したが、今また新たな驚きとして迫ってきた。

男の手が肉マンジュウを破廉恥に左右に開いている。紫津乃の陰部と思うと、昨日までよりさらに好奇心に駆られ、目を凝らした。

紫津乃は脳で感じている。粋に着物を着こなしていた紫津乃が、メスの性器を広げられ、見つめられているだけで、洩らしたようにうるみを溢れさせている。

やがて女の器官をくつろげていた男がそこに頭を埋め、舌戯を始めた。

いつもと同じ映像が流れていくだけだが、この男は紫津乃の夫だろうかと、和香奈はそれとわかるものがないかと目を凝らした。だが、頭だけではわからない。

また画像は紫津乃の表情になった。

「んふ……あああう……あはあ」

紫津乃の喘ぎと、ぺちゃっ、ぴちょっ、じゅぷっ……と、メスの器官を舐めまわしている音や溜まった蜜を吸い上げる破廉恥すぎる音が入り交じった。

舐めまわされている女園は、男の頭で隠れて見えない。たまに映されても、男の黒い頭が微妙に動くだけだ。それでも、男が舌を伸ばし花びらやパールピンクの粘膜を舐めまわしている想像ができるだけに、今日も和香奈は息苦しくなった。

これが紫津乃の夫でなかったら……。だが、たとえ夫だとしても、もうひとりの誰かがふたりを映している……。

唇が渇いた。


伊豆見夫婦と食事し、紫津乃と出会った翌朝、謙吾からの四回目の贈り物が届いた。

昨夜の驚愕《きょうがく》が尾を引いているなか、手紙と新たなＤＶＤを手にしただけで心騒いだ。

へプレゼントは楽しめているか。だんだん飽きてくるかもしれないな。玩具は自分で使うものだが、ＤＶＤは見て楽しむものだし、他人のものを見ても虚《むな》しいかもしれない。和香奈はまだ若い。これから一生、セックスのない生活など無理だ。そんな勿体《もったい》ない人生を送るんじゃない。和香奈が淡泊で男女の行為が嫌いなら、こんなことは言わない。

和香奈は自分から求めることはなかったが、よく感じるし、上等の体を持った女だ。私の手で悦《よろこ》びを与えてやれなくなった今、他の誰かが和香奈を悦ばせてくれたらと思っている。いい相手がいたら、遠慮なく楽しむことだ。結婚もいいが、それなりの相手がいたら気楽な愛人もいいかもしれない。冗談で書いていると思うかもしれないが、けっこう本気だ。まだ頭もしっかりしている。

篠崎先生や伊豆見君と、食事ぐらいしているか？　外に出ないと出会いはないんだ。人との出会いは大切だ。

性欲を我慢するのはよくない。ＤＶＤだけで満足できるならいいが、それは無理だろう。ますます渇いてくるはずだ。玩具ではもの足りなくなるだろう。本物がいいに決まっている。

二十代より三十代、三十代より四十代。そして五十代……と、女の体は研ぎ澄まされていく。これから和香奈はもっともっと深い悦びを得ることができる。

和香奈を最初に誰が抱くのか楽しみにしていよう。嫉妬したい気もするが、肉体がなくなれば魂だけ。和香奈の幸せだけを見守っていけるだろう。

セックスの相手は誰でもいいわけじゃない。和香奈は男を悦ばせたいと積極的に動く女じゃない。男に悦ばせてもらう女だ。奉仕することが悦びの男がいい。自分本意の男じゃだめだ。

和香奈に限らず、どんな女も相手次第で快感は変わる。セックスが嫌いになる女がいるが、それはその女を相手にした男の大罪だ。いくらでも心地よくなる躰に、前戯も後戯も施さず、つまらないセックスか、苦痛しか与えなかったということだ。

和香奈、一周忌まで待たなくていい。今日、今すぐでもいい。心も躰も許せる男がいたら求めることだ。そして、何があっても後悔しないこと。後悔しないために、やりたいことはやることだ。

ＤＶＤは今日で最後だ。

和香奈に素晴らしい日が来るようにと祈っている。〉

衝撃的な言葉が綴られた手紙を、和香奈はしばらく呆然と眺めていた。

我に返った和香奈は、気になるＤＶＤを手に取った。

また紫津乃が映っているのだろうか……。

まさかと思いながらも動悸がした。

深く息を吸い込んだ和香奈は、ＤＶＤをデッキに挿入した。

赤い長襦袢を羽織った紫津乃が映っただけで、ドクッと心臓が高鳴った。

布団に横になっている紫津乃に男が重なった。男の顔はわからないが、真上から映されているにも拘わらず、ふたりが唇を合わせたのがわかった。

いつしか紫津乃の両手が男の背中にまわっている。口づけを続けるふたりがもどかしかった。ひとりではこんなこともできないと、今さらながら気づいた。

どれほど長くふたりが唇を合わせていたかわからない。半身を起こした男が、紫津乃の長襦袢の胸元を大胆に左右に割り開いた。

白い弾力のある椀形の乳房がまろび出ると、男は指先で乳首をもてあそび始めた。

「あう……あっ」

紫津乃のあえかな喘ぎに、和香奈の下腹部から熱いうるみが溢れ出た。

指の動きは執拗だった。親指と人差し指で揉みほぐすようにしていたかと思うと、人差し指と中指に果実を挟み、開いたり閉じたりして焦らすように責めた。

乳首はすっかりしこり勃っている。和香奈の乳首もジンジンと疼くようだった。

次に、谷間が消えるまでふたつのふくらみを中央に寄せた男が、顔を埋め、乳首を口に含んだ。

そのとき、初めて男の顔が映った。紫津乃の夫、藤波ではなかった。藤波は五十路《いそじ》ぐらいに見えたが、この男は四十路《よそじ》ぐらいにしか見えない。

困惑した和香奈は、拳をぎゅっと握っていた。

仲のよさそうな夫婦だった。だが、紫津乃はちがう男に抱かれている。藤波がこれを知ったらどうするだろう。和香奈は秘密を持ったことで狼狽した。

男の舌戯が乳房から腹部までゆっくりと施されると、紫津乃はうつぶせにされ、長襦袢の裾が背中まで捲り上げられた。

紫津乃と男が不倫の関係とわかり、頭が一杯になっていた和香奈だったが、意識は一瞬にして剝き出しになった白い臀部に集中した。

美しく盛り上がった双丘《そうきゅう》は、捲り上げられた長襦袢のせいでやけに卑猥に見える。

紫津乃は肌襦袢も湯文字もつけていない。長襦袢は紫津乃を淫らに見せるための小道具に使われているだけかもしれない。

尻を撫でまわす男の手に、紫津乃がひそやかに喘いでいる。

男は紫津乃の腰に手を入れ、グイッと引き上げた。

顔を布団につけている紫津乃は、尻だけ高々と持ち上げられ、いっそう破廉恥な格好になった。

長襦袢の裾を背中まで捲り上げられた紫津乃は、背後から腰を持ち上げられた手を放されても頭を布団につけ、白い豊臀を突き出した恥ずかしい格好のままでじっとしていた。

男が紫津乃の膝を肩幅ほどに離した。

桃のような双丘の狭間のメスの器官が真後ろから丸見えになり、目を逸らしたくなるほど卑猥な姿になった。

豊臀の谷間のセピア色をした排泄器官のすぼまりの下方に、一本の翳りもないつるつるの肉マンジュウがあった。

真後ろから見る女の器官はこれほど猥褻なのだ。謙吾に言われて同じ格好をし、そのまま太い物を挿入されることがあった。それを思い出した和香奈は、火のように熱くなった。

背後から太腿のあわいに手を入れた男が肉マンジュウの合わせ目をいじりまわし、うるみでぬらぬらとしているワレメに指を一本押し込んだ。

「あう」

紫津乃の喘ぎと臀部の一瞬の硬直は同時だった。

今日も第三者がふたりを映している。それも、尻だけ掲げた紫津乃の斜め後ろからいちばん恥ずかしい部分に焦点を合わせ、今はそこだけ映し続けている。

「あは……んんっ」

指はそのうち二本になった。ちゅくちゅくと出し入れの音がするようになり、紫津乃の喘ぎと入り交じった。

どれほどの時間、その行為が続いていたかわからない。五分や十分ではない長い時間だった。いつしか白い太腿に蜜がしたたり始めている。

指が秘口から出されると、尻肉をつかんだ男の顔が谷間に沈んだ。

「んんっ……ああああっ」

男が舌を伸ばしてうるみを舐め取っているのがわかる。

和香奈は汗ばんでいた。ドクドクと激しい音を立てて血液が全身を駆け巡っていた。

男の顔が臀部から離れると、血管の浮き出た肉茎が映り、今まで指を入れていた部分に押し当てられ、沈んでいった。

結合部は見えなくなったが、ふたりがひとつになったのがわかると、和香奈は初めて見る他人の合体に身動きできず、息もできないほど昂ぶっていた。

ゆっくりと男の腰が動き始めた。

紫津乃の顔に画面が移った。横顔が美しく歪んでいる。顔の横には、透明に近いマニキュアを塗った指があった。

「はあああっ……ああっ、あああ」

喘ぎがさっきまでと微妙にちがう。太い物が出し入れされるとき、膣ヒダで感じている証だ。

淫具ではなく、本物の屹立で感じている紫津乃に、激しい羨望《せんぼう》が湧き起こった。

私にもして……。

あんなふうにして……。

和香奈の子宮が疼いた。

紫津乃と男の営みが終わり、映像が消えてしまうと、和香奈は欲情している自分に気づいた。まだ昼前だというのに、我慢できないほど躰が火照っていた。

蜜液でショーツがぐっしょりと濡れている。肉のマメが血液と一緒にトクトクと脈打っている。

またどこからか宅配便が届くかもしれない。急に訪ねてくる者がいないとも限らない。夜までが長すぎる。それまで待てるはずがなかった。

玄関の鍵を確かめて寝室に入ると、分厚いカーテンを閉めた。

謙吾からの三度目の贈り物にコンドームが入っていた。淫具に被せて使うといいと書いてあった。コンドームのゼリーでスムーズに挿入できることもあり、それからは被せて使うようになった。

和香奈はいつになくすべてを脱ぎ去った。ショーツには丸い大きなシミができていた。生まれたままの姿でナイトテーブルから淫具を取り出した和香奈は、急いでコンドームを被せた。

下腹部が疼いている。早く淫具を沈めなければ耐えられない。

ベッドに横になって太腿を開くと、左指で花びらを大きくくつろげた。すでにぬめりが溢れている秘口に、右手で持った淫具の先を押しつけ、捻《ひね》るようにしながら女壺の奥へと沈めていった。

「んん……はああ……」

肉ヒダが押し広げられる感覚は切ないほど心地いい。だが、今日はいつもとちがい、淫具を押し込んでも、本物の肉茎が欲しくてならなかった。

自分で玩具を動かすのではなく、紫津乃のように他の男に愛撫され、秘口を濡らし、太いもので貫かれたかった。

気持ちいい……でも、これじゃない……これじゃないのが欲しい……本当のお道具が欲しいの……。

和香奈はそう思いながら、淫具を出し入れしたり、ぐぬぐぬと動かしたりして、肉ヒダの疼きを鎮めようとした。

ぬちゃぬちゃ、ねちょっ……と、破廉恥な蜜音がしてくると、淫具を抜いて亀頭をぬるぬるの肉のマメに押しつけた。そうやって謙吾の肉茎の先で女の器官をこねまわされたことがあった。

いつになく強い刺激を敏感な果実に加えると、すぐに熱い波が立った。波はすぐさま高波になり、あっというまに体奥から躰の末端めがけて走り抜けていった。

「くうっ！」

和香奈の総身が弓なりになった。

顎を突き出し、口を半開きにした和香奈は、紫津乃に劣らぬ悩ましすぎる表情を浮かべて果てた。

ぐったりとした和香奈は目を閉じた。

うとうとした後、眠りの底に引きずり込まれていった。

夢の中で尻を高く掲げてもてあそばれているのは、紫津乃ではなく和香奈だった。

四章　覗き見

電話の音に起こされた和香奈は、寝坊してしまったのかと慌てた。

厚いカーテンを閉めているものの明かりがついている。素裸だ。コンドームを被せたままの蜜で汚れた淫具が傍らに転がっていた。

ようやくどんな状態で寝入ってしまったか思い出し、誰からの電話かと、いっそう慌てた。取ろうか取るまいか迷っているうちに電話が切れた。

正面の壁時計に目をやると、一時間ほど眠ってしまったのがわかった。

正午前に謙吾から届いたＤＶＤを見てしまい、初めて目にした他人の営みに刺激され、我慢できずに寝室に入り、淫具を使って恥ずかしいことをしてしまった。

目覚めると罪悪感で一杯になったが、それより紫津乃が夫以外の男とひとつになった映像を見たことを思い出し、夢かもしれないと、また思った。

昨夜、伊豆見に連れていかれたブルームーンという店で、後からやってきた紫津乃夫妻が隣に座った。ＤＶＤの女とわかって愕然とし、そのときも夢ではないかと思ったものだった。亡き謙吾が送ってきたＤＶＤに映っていた女と現実に会うことになるなど思いもしなかった。会う確率などゼロに近いはずだ。謙吾もあの世で、この偶然にどれほど驚いているだろう。

電話が鳴った。

ひととき考えごとをしていた和香奈は、飛び上がるほど驚いた。
五、六回のコールの後、和香奈は息が整わないまま受話器を取った。
「藤波です」

「えっ？」

女の声に、和香奈はすぐには相手を思い浮かべることができなかった。

「和香奈さん？　紫津乃です。昨夜は失礼をしてしまい、本当に申し訳ございませんでした」

夫以外の男と交わっていた紫津乃を一時間前にＤＶＤで見たばかりというのに、その紫津乃からの電話に、現実と非現実の世界が結びつかず、和香奈はますます混乱した。

「つい先ほどもお掛けしたんですけど、今、お忙しいのかしら」

「いえ、庭に出ていたので失礼しました」

瞬時に嘘をついたが、全裸のままで落ち着かなかった。

「昼食も終わった頃かと掛けてみたんですけど」

「ええ……さっきすませました」

また和香奈は嘘を重ねた。

「汚してしまったワンピース、明後日には出来上がるんですけど、お急ぎでなかったら、週末にお返しするわけにはいかないでしょうか。自宅でちょっとしたパーティを開くので、ぜひ和香奈さんもお呼びしたくて」

自宅で開くパーティなら夫もいるだろう。家ではどんな夫婦なのだろう。夫が気の毒でならないが、もっと紫津乃について知りたかった。

「慌ててお帰りにならなくていいように、パーティの後は泊まって戴けるように用意しておきます」

一度しか会ったことのない紫津乃の家に泊まるなど、和香奈には考えられなかった。さすがにためらった。藤波夫妻とはブルームーンで一時間半ばかり話しただけだ。

見るからに上品な人妻でいながら不倫を犯している紫津乃への興味は尽きないが、それだけに、取り返しのつかないことが起こったらどうしようと案じてしまう。紫津乃の自宅にひとりで出向いていいのかどうかさえ心配になった。

「あの……その日は人が訪ねてくるかもしれませんので、お返事、少し待っていただけませんか？」

和香奈は何とか機転を利かした。

「どなたかお見えになる日なら残念だわ。あら、ごめんなさいね。でも、その方のご都合が変わるかもしれないわね。それに、うちでは時々パーティを開くの。だから、どうしてもだめなら、またすぐに次の機会があるわ。いらっしゃれるなら電話下さいね。楽しみにしているわ」

電話を切った後、ほんの十人ほどのパーティなら、時々、気楽な集まりをしているのかもしれないと思い、行こうか行くまいかと迷い続けた。

本心は行きたくてたまらない。だが、紫津乃がＤＶＤの女だけにあれこれ考えてしまい、決心がつかない。

和香奈は迷ったものの、夕方になって伊豆見に電話を入れた。

「どうしたんです。奥様からとは驚きました」

「あの……つまらないことで電話なんですけど、今、よろしいの？」

「いつだって大丈夫ですよ。奥様からの電話なら夜中でもかまいませんからね」

明るい伊豆見の声に和香奈は安堵した。

「昨夜、ブルームーンでお会いした紫津乃さんから電話があって、パーティのお誘いを受けたんです。とてもいい方に見えたんですけど、ほんの少しお話ししただけの昨日の今日ですし、ちょっと不安なんです。どうしたらいいかと……」

そんなことでと呆れているのではないかと、和香奈は電話したことを後悔した。

「実は、迷惑をかけたから、よかったらお招きしたいと、僕にもさっき連絡がありました。名刺を戴いているので調べてみましたが、信用のおける会社ですし、藤波氏はなかなかやり手の経営者のようです。人物にも問題はありません」

伊豆見の言葉に緊張が解けた。

「伊豆見さんもいらっしゃるなら私も……ひとりじゃ、心許《こころもと》なくて」

「では、用心棒で参りましょう。あっ、これはあちらには内緒ですよ」

電話の向こうの伊豆見が笑った。

電話を切った和香奈は、すぐに紫津乃に電話した。

「パーティに行けるようになりました」

「まあ、嬉しい。ご予定の方、別の日になったのね」

「ええ……」

嘘は心苦しいが、紫津乃が想像して口にしたことに返事するだけだったのが、せめてもの救いだった。

「実は、庭の蓮の花を是非ご覧戴きたいの。小さな池なんですけど、蓮は夜明け前から開き始めるの。だから、泊まって戴かないと私がいちばん気に入っている早朝の蓮を見て戴けないの。蓮の花はお嫌いじゃないでしょう？」

「ええ……」

「まあ、嬉しい。だったら、うちに泊まって、ぜひ早朝の蓮をご覧になって。ね？」

「泊まれるかどうかは、もう少し考えさせて戴けますか……」

伊豆見にも予定を訊きたかった。ひとりで泊まる勇気はない。

「お返事は当日でもかまいません。でも、ぜひ泊まって戴きたいわ」

自分が話している相手は、本当に不倫を犯しているあの女だろうかと、和香奈はまた考えた。紫津乃に会ってから何十回、何百回と繰り返されてきた疑問だ。すでに疑う余地はないが、夫婦仲がよさそうに見えただけに、他の男に抱かれて喘いでいたＤＶＤの紫津乃が信じられない。

紫津乃のことをもっと知りたい。紫津乃はどんな女だろう。品行方正に見えながら夫を裏切る紫津乃のような女を、魔性の女というのだろうか……。

藤波は妻の不倫を知ったとき、どうするだろう。別れるだろうか……。

藤波家に行くことが決まると、紫津乃への関心がますます昂まった。

迎えのタクシーを寄越され、和香奈が藤波家に着いたのは七時頃だった。

和服にしようかとも思ったが、いかにもブルームーンの紫津乃の着物を意識したように思われそうで、モスグリーンのノースリーブのワンピースに白いボレロの組み合わせにした。

和風の紫津乃から想像していた屋敷とちがい、白いタイル貼りの高めの塀の内側に、フレンチベージュやアイボリーの微妙な濃淡のタイルを組み合わせた洋館が建っていた。

伊豆見が先に着いていたのに驚いた。

リビングの天井は高く、大きなテーブルには色鮮やかに盛られた料理が並んでいる。立食形式のパーティらしい。

大きな窓に似合いのワインレッドのソファが洒落《しゃれ》ている。

「来て戴いて嬉しいわ」

「先日は妻が失礼しました」

藤波も満面の笑みで和香奈を迎えた。

「先に袖を通してしまって申し訳ありませんでした。クリーニングが間に合いましたのでお持ちしました」

和香奈は水玉模様のワンピースを差し出した。

「まあ、それは差し上げたつもりでした。だって、とてもお似合いでしたから。今さら私が着ても、和香奈さんには敵《かな》わないって言われるに決まってますもの」

「そういうことです。和香奈さんのために作られたワンピースのようでした。またそのうち着て見せて戴けませんか」

　自分では決して買わないような柄だが、着てみると気に入り、自分のものにしたいと思ったほどだった。それでも、何度か辞退した。だが、最後にはふたりの言葉に負け、受け取ることになった。

　伊豆見の他に、ひと組の夫婦がいた。紹介されているとき、別の男がやってきた。

　和香奈は目を見開いて息を呑んだ。まさかと思いながら男を見つめた。

　ＤＶＤで長襦袢の紫津乃の胸元を割って乳房をもてあそび、果ては背後から貫いた男だ。

　和香奈のことばかり考え、何度となくＤＶＤを見たことで、似た男が相手の男に見えてしまうのだと、和香奈は落ち着くために冷たい水で喉を潤した。それから、また男を見つめた。

　夫妻が紫津乃の方に男を連れてきた。

　心騒いだ。

「関野《せきの》さんです。趣味の焼き物作りはプロ並みでいらっしゃるの」

「いえ、素人《しろうと》ですよ」

　やはりあの男だ。紫津乃とこの男の性愛を、何度もＤＶＤで繰り返し見ている和香奈は倒れそうなほど動揺した。

「そのフルーツの載っている大皿も彼が作ったものですよ」

藤波がマスクメロンや葡萄《ぶどう》の載った皿を指した。

何も知らない藤波は、妻の不倫相手の男の前で笑みを浮かべている。

和香奈はさらに大きな秘密を持ったことにたじろいだ。

「どうかしましたか？」

異変に気づいたのか、横にいた伊豆見が心配そうに和香奈を見つめた。

「ちょっと目まいが……でも、大丈夫です」

和香奈は藤波夫妻や伊豆見に不審を抱かれてはと、慌てて笑みを装った。

「お疲れだったのかしら……お部屋でお休みになってもかまいませんよ。用意してありますから。心配だわ」

紫津乃が不安そうな目を向けた。

「いえ、大丈夫です。本当に……」

「僕の作った下手な器の説明を聞いて具合が悪くなったんじゃないでしょうね」

関野が冗談を飛ばした。

周囲の者は笑ったが、和香奈は笑えなかった。

関野と藤波夫妻が、新たにやってきた客のところに挨拶《あいさつ》に行くと、和香奈は伊豆見に促されてソファに座った。

「無理して来られたんじゃないですか？」

伊豆見が横に座った。

「いえ……楽しみにしていました」

「それならいいですが。そういえば、四十九日を過ぎた頃から、何かお変わりになったような気がしています。香穂も、ますます綺麗になられたようだと言って、ほっとしていました。葉月さんが亡くなられたことをきちんと受け止めて、新しい生活を送る覚悟と決意がおありなんだろうと。でも、お困りになっていることがあったら、何でもおっしゃって下さい。どんな相談にも乗ります」

最後の伊豆見の言葉は頼もしかった。

四十九日の翌日、生前から用意していたという謙吾からの荷物が届くようになってから、禁断の世界に足を踏み込んだ気がしてならない。

淫具を手にすることがなかったら、そして紫津乃の映っているＤＶＤで男との性愛を覗くことがなければ、こんなに激しい肉の渇きは覚えなかったはずだ。それまでのように、指だけで花びらや肉のマメをもてあそび、満足していたような気がしてならない。

それに、よりによってＤＶＤの女、紫津乃と巡り会ってしまった。その相手をしていたのが夫ではないとわかって衝撃を受けたが、その不倫相手の男とも会ってしまった。混乱していて、どうしていいかわからない。次々と予想だにできないことばかり起こっている。

和香奈は歓談している数メートル先の藤波夫妻と関野を眺めた。

「実は……知り合いの秘密を知ってしまって、つい考えごとをしてしまうんです」

紫津乃と関野の関係に気づけば、藤波は今の笑顔を二度とふたりの前で浮かべることはないだろう。そう思いながら、和香奈はふっとそんな言葉を洩らしていた。

「他人の秘密？　興味がありますね」

「秘密だから言えません……」

「秘密ですか。秘密だからこそ知りたいですが」

伊豆見が笑った。

紫津乃の秘密を知れば伊豆見はどうするだろう。だが、話しても信じてもらえるはずがない。どこから眺めても、紫津乃はこの屋敷にふさわしい賢夫人だ。

「明日は休めるので、僕も早朝の蓮、拝見することにしましたよ。奥様もお泊まりになるようだとのことですし」

伊豆見が話題を変えた。

「えっ？　まだ決めかねていました」

紫津乃の秘密に誘惑されている。自分とは関わりないことなのに、その先を知りたくなっている。知ってどうなるものでもなく、何も知らない夫の藤波が哀れになるだけだろう。それでも、泊まるように誘われているのを断れば後ろ髪引かれる気がしていた。

「私も本当は早朝の蓮を見たかったんです……でも、ひとりじゃ不安で、迷っていました」

「じゃあ、泊まることにしたんですね。喜ばれますよ。泊まってくれるといいけれどと、藤波夫妻が言ってらしたんで。すぐに伝えてきましょう」

伊豆見が夫妻の方に歩いていった。

早朝の蓮の観賞のために屋敷に泊まるのは、和香奈と伊豆見、関野の三人になった。

夫婦の寝室は一階で、ゲストルームは二階に数室あり、八畳ほどの部屋にダブルベッドが置かれ、各部屋にシャワールームもトイレもついている。窓の外には、各室に通じる隔てのない長いバルコニーがついていた。

数人の客が帰った後、和香奈の部屋にはしばらく紫津乃が残った。

「退屈じゃなかったかしら」

「いいえ。それに、とても美味しいお料理でした」

「よかったわ。ご気分は？　目まいは大丈夫かしら」

「気のせいだったかもしれません。あまりに素敵なお住まいでびっくりしたものですから。このお部屋もホテルのようですね。ゲストルームがいくつもあるお住まいなんて初めてです」

「私も藤波も人様をお呼びするのが好きなものですから。蓮の時期じゃなかったら、もっと遅くまでみなさんとおしゃべりできるんですが。でも、朝は無理なさらないでいいんですよ。蓮の観賞はみなさんにお任せすることにします。まだしばらくは咲き続けますから、別の日に泊まって戴いてもかまいませんし」

「関野さん達は美味しいお酒が入って、もうお休みでしょうか」

故意に関野の名前を出した。

「伊豆見さんと話が合うようで、まだおふたりでお話しされているみたいですよ」

紫津乃は不倫相手の名前を出されても表情を変えなかった。伊豆見と話が合うようだと言われ、和香奈の方が動揺した。

「関野さんとは昔からのお知り合いですか……？」

「かれこれ十年かしら」

「関野さんの奥様はいらっしゃってませんでしたね」

連れ合いがいるか、さりげなく探りを入れた。

「お忙しい方で、今、ヨーロッパとか」

「奥様、お仕事でヨーロッパですか……やり手の方なんでしょうね……志津乃さんのご主人も、留守をなさることはおありですか？」

好奇心から、ふたりの不倫について詮索《せんさく》せずにはいられなかった。

「たまに。でも、こうやってよくみなさんが訪ねてきて下さったり泊まったりして下さるから淋しいことはないわ……あら、悪いことを言ってしまったかしら……和香奈さんはおひとりなのに。いつでもいらしてね。そして、いつでも泊まって下さってかまわないわ」

紫津乃は夫がいないときに関野を呼んでいるのかもしれない。だが、自宅でそんな大胆なことができるだろうか。

関野から舌戯を受け、あげくにひとつになった紫津乃を映像で見ているだけに、同じ屋根の下にいる不倫相手を思うと、冷静すぎる態度が怖い気もした。紫津乃は上品な顔をした悪女だろうか。

「あんまり遅くなるとお疲れになるわね。お休みなさい。何かあったら、遠慮なくこの室内電話を使って下さいね」

紫津乃が出ていった。

ひとりになっても和香奈はなかなか寝つかれなかった。隣室の伊豆見と話したかったが、静まりかえっているようで部屋をノックするわけにはいかない。まだ関野と話している可能性もある。

謙吾と伊豆見は、時には二時、三時まで話していることがあった。気の合う男同士、酒を酌み交わしながら時が経つのを忘れて語り合うことがあるのだ。

起き上がった和香奈は窓際に立った。伊豆見の部屋の明かりは消えている。バルコニーの手すりの向こうに、常夜灯に照らされた池があり、そこだけ蓮の葉が青く光っていた。

突然、バルコニーで何かが動いた。仰天した和香奈は声を上げそうになった。だが、手すりのところでじっとしていた伊豆見に気がつかなかっただけだとわかり、胸を撫で下ろした。

伊豆見がパジャマとわかり、窓を開けた和香奈はネグリジェのままバルコニーに出た。

「おや、眠れませんか」

「伊豆見さんこそ」

「奥様が眠ってらっしゃるかどうか覗こうかとも思ったんですけど、明かりもついていないのでお休みかと」

伊豆見が悪戯っぽく笑った。

「立派なお屋敷ですね。ご自宅で蓮の花まで見られるなんて」

「それに、ブルームーンじゃないですが運よく満月です。奥様と話をしたくなりました。そういえば、人の秘密を知ってしまったとおっしゃっていましたね。聞きたくてたまりません」

「それはないしょ……そういえば、関野さんとお話が合うらしいと紫津乃さんからお聞きしました……もしかして、まだ話してらっしゃるかもしれないと思いました」

伊豆見が関野をどう思っているか興味があった。

「飽きない人ですよ。色々詳しくて、何を話しても返ってきます」

「いい人……ですか？」

「いい人の反対が悪い人なら、まちがいなくいい人ですよ」

「まちがいなく？　会ったばかりなのに……」

「会ったばかりで悪い人と思うような人は滅多にいませんよ」

伊豆見が笑った。

和香奈も不自然な質問をしたのはわかっていた。だが、人妻と不倫を犯し、不倫相手の家に泊まることができる大胆すぎる関野がいい人とは思えず、かといって悪い人かと訊かれれば、そんな男にも思えない。考えるだけ混乱してしまう。

端の部屋の明かりがついた。

「おや、関野さんも出てくるのかな」

伊豆見の言葉に緊張した。紫津乃との関係を知っているだけに、関野の前では不自然な態度になってしまう。

関野はなかなか出てこなかった。

「明かりがついたから起きてるはずです。一緒に呼びに行きますか」

さりげなく伊豆見に手を取られた。

初めて知った伊豆見の手の温もりに、心が騒いだ。

関野の部屋に近づくと、伊豆見が和香奈を前に押しやった。

和香奈は中を覗いて息を呑んだ。紫津乃がいた。ふたりが睦み合っていた。

各ゲストルームを自由に行き来できる庭に面したバルコニーから、明かりをつけた関野に声を掛けるつもりだった。だが、和香奈の視野に入ったのは、紫津乃とベッドで睦み合っている関野の姿だった。

屋敷には紫津乃の夫がいるのもわかっている。ふたりの営みを何回もＤＶＤで見ているだけに、妄想が浮かんだのだと思いたかった。

心臓が激しい音を立てている。

和香奈は落ち着こうと、ひととき目を閉じた。

次に目を開けたとき、パジャマを着た関野がひとりで部屋にいるはずだ。

和香奈は胸を喘がせながら、それでもゆっくりと目を開けた。

銀色に輝いているような白いネグリジェの胸元に顔を埋めた関野が、紫津乃の乳首を吸っていた。ふたりの営みは幻ではなかった。

この場から去らなければと思っても、足が動かない。

中を覗いた伊豆見が、いったん放していた和香奈の手首を握り、かすかに後ろに引っぱった。

驚いた伊豆見がこの場から離れようとしているのだと思ったが、和香奈の手をきつく握ったまま、部屋の端から息を殺して覗き続けた。手を握られている和香奈も立ち去ることができなくなった。

DVDで見たように、関野の愛撫は徐々に下腹部へと下りていく。ネグリジェは臍《へそ》の上まで捲り上げられていた。

着物や長襦袢の紫津乃しか知らなかっただけに、髪を下ろしたネグリジェ姿の彼女は今までと感じがちがう。

静まり返っているが、舐めまわされる紫津乃がひそやかに喘いでいるのがわかる。

明かりをつけての不倫行為は無防備すぎる。

伊豆見と和香奈の部屋の明かりは消えており、ふたりとも休んでいると安心したのだろうか。伊豆見がバルコニーに出る前に、紫津乃はすでに忍んでいたのだろうか。

だが、藤波はどうしているだろう。酔い潰《つぶ》れるほど酒を呑んでいたとは思えない。寝つきがよく、紫津乃が部屋を出たのに気づいていないのだろうか……。

色々な思いがくるくると脳裏を巡っているうちに、関野が紫津乃の上半身を起こした。

予想外の動きだったが、次に関野がベッドの縁に腰掛けたとき、ますますその動きの意味が理解できなくなった。

紫津乃がベッドを下りた。

藤波を恐れて部屋を出るのかと思っていたが、紫津乃は太腿を開いた関野の前に跪《ひざまず》き、勢いのある肉茎を右手で握った。それから顔を埋め、屹立を口に含んでいった。

荒い息が横にいる伊豆見に聞こえているかもしれないと思えるほど、和香奈は昂ぶっていた。

肉茎を頬張った紫津乃の頭を、関野が撫でた。紫津乃の頭が動き始めた。

関野の剛直を口に含み、しばらく頭を前後に動かしていた紫津乃は、肉茎をいったん出すと、亀頭や側面を舐めまわし始めた。

和香奈の唇はカラカラに渇いていた。やはり目の前の光景が信じられなかった。立っているのがやっとだ。

最後まで見届けたいという気持ちと、部屋に戻らなければという気持ちがせめぎ合った。まじめな伊豆見と一緒に覗いているのも恥ずかしすぎた。

紫津乃の秘密は誰にも話すまいと思っていた。だが、伊豆見も知ってしまった。朝になれば藤波に伝えるだろうか。それなら止めなければならない。修羅場は見たくなかった。

紫津乃が、また肉茎を口一杯に頬張って頭を前後に動かし始めた。

そのときドアが開き、パジャマを着た藤波が現れた。

和香奈は危うく声を上げそうになった。怒り狂った藤波がナイフなど持ち出さなければいいがと、伊豆見の手を汗ばんだ手でギュッとつかんだ。

だが、怒号は起こらなかった。それどころか、関野と藤波は穏やかに目を合わせた。

ことの成り行きを理解できず、和香奈の方が混乱した。

紫津乃は夫が現れたのに気づいていないのか、そのまま関野に熱心な口戯を続けていた。

藤波がビデオカメラで紫津乃の口戯を撮り始めた。

紫津乃と関野の情事だけでも動揺していた和香奈は、藤波が入ってきたときからパニックに襲われ、その手にビデオカメラが握られていたことに気づかなかった。

今、初めてそれに気づいた和香奈は、謙吾から送られてきたＤＶＤを撮ったのは藤波ではないかと愕然とした。しかし、自分の妻が他の男と交わるのを冷静に眺めていられるだろうか……。

和香奈の常識では考えられないことだ。しかし、目の前で紫津乃が関野の肉茎を愛撫している情景を藤波はビデオカメラに収めている。沈着なカメラの動きから、微塵《みじん》も動揺していない藤波の心情が見て取れる。

紫津乃も夫がやってきたのに気づいているのだろうか。三人とも何もかもわかった上で動いているのだろうか……。

当事者ではない和香奈の方が強い衝撃を受けていた。

今までも迷路に入り込んだ気がしていたが、迷路どころか二度と抜け出せない世界に迷い込んだ気がする。

関野が口戯を施している紫津乃の頭を押した。頰張っていた肉茎を出した紫津乃はベッドに戻されると、太腿が胸に着くほど破廉恥に押し上げられた。

恥ずかしい格好にされたまま関野と藤波のカメラに視姦《しかん》される紫津乃の腰が、恥じらうように卑猥にくねった。

関野によって女の器官を剝き出しにされている紫津乃に、和香奈の鼻から熱い息がこぼれた。

自宅で何度も昂ぶりながら見たＤＶＤに似ていた。だが、その映像と目の前で見る現実の差は大きすぎた。ＤＶＤに映っていなかった撮影者が紫津乃の夫らしいとわかってから、和香奈の混乱は続いていた。

紫津乃は長い間、太腿を押し上げられたままだった。ふたりの男に視姦されている紫津乃が、ときおり腰をくねらせながら、眉間の皺を深くした。

そんなに……見ないで……。

そう言っているような紫津乃の表情が悩ましく、何もされずに見つめられるだけの羞恥が伝わってくる。

和香奈は自分の秘所を無防備に見つめられているような気がして熱くなった。

ようやく関野の頭が動き、白い太腿のあわいに入り込んだ。その瞬間、紫津乃の顎が突き出され、眉間の皺がいっそう深くなった。

バルコニーには密閉された部屋の音は聞こえない。だが、半開きのかすかな紫津乃の唇の動きから、ひそやかな喘ぎが洩れ始めたのがわかった。

藤波は口戯によっていっそう艶やかな表情を浮かべている紫津乃の顔を映し始めた。

紫津乃にはカメラも藤波の姿も見えていないのではないかと錯覚してしまいそうだ。関野とふたりきりの愛欲の時間を過ごしているように見える。

和香奈はただ呆然と不可思議な情事の光景を覗き見ていた。

やがて関野が押し上げていた紫津乃の脚を下ろして口戯を続けると、ビデオカメラを置いた藤波はネグリジェの胸元からまろび出ている乳房のまん中の果実を、傍らから親指と人差し指の先でつまんだ。

紫津乃の顔がいっそう美しく歪んだ。

関野が紫津乃に舌戯を施している最中、藤波も加わって手を出したのには驚いた。藤波はもうひとつの乳首も一緒にいじり始めた。

紫津乃が我慢できないというように手を伸ばし、藤波の手を退けようとした。すると、藤波は紫津乃の胸に顔を埋め、口で乳首を愛で始めた。

紫津乃が藤波を押し退けようとしている。関野に女の器官を舐めまわされているだけでも快感は大きいだろう。まして、乳首も同時にいじりまわされれば、どれほど感じるか想像できる。

和香奈はふたりから同時に愛された経験などないが、その感覚を想像することができるだけに、下腹部だけでなく、乳首も疼き始めた。

藤波が顔を上げ、またビデオカメラを手にして映し始めた。すると、関野は舌戯をやめ、いきり立った一物を紫津乃の女壺に押し込んだ。そして、奥の奥まで沈めようとするかのように腰を揺すり上げた。

部屋を覗き始めたときから激しい動悸が続いている和香奈は、何ひとつ理解することができなかった。

紫津乃に強引なことをされている様子はなく、ふたりの男に心を許しきっているようにも見える。

半身を紫津乃の胸に着けた関野は、ひとつになったままふたりの躰を回転させた。

上になった紫津乃は半身を起こすと腰をくねらせ、それからゆっくりと腰を浮き沈みさせた。

正常位から騎乗位になって積極的に動き始めたように見えた紫津乃だが、関野に下から眺められ、泣きそうな顔を見せている。その表情が艶やかすぎて、和香奈でさえ強烈な色気を感じて息を呑んだ。

体位は微妙に変化していった。和香奈の経験したことがない体位もあり、いつしか口を半開きにしてふたりを見据えていた。

今、紫津乃の両足は関野の肩に載せられている。謙吾にそうされたことがあり、内臓まで貫かれるような深い結合とわかる。

和香奈は子宮の奥まで屹立が届いているような、かつての感覚を甦《よみがえ》らせた。すると、秘口を太い物で貫いてほしいという欲求が湧き上がった。

淫具を奥深く沈めても、血管の浮き上がった本物の肉茎が沈んでいくのとはちがう。自分の手で動かすのではなく、紫津乃がされているように、血の通った男の肉杭《にくぐい》で貫かれたかった。

和香奈は関野の部屋を覗き始めたときから伊豆見に手を握られていたが、いつしか和香奈の方が、伊豆見の手を汗ばんでいる手でしっかりと握っていた。だが、伊豆見のことはひとき忘れていた。和香奈の意識は紫津乃達のところにしかなかった。

躰は汗ばんでいても喉が渇いていた。唇も渇いていた。今になってそれに気づいた和香奈は、喉を潤したくなった。そして、伊豆見も一緒だったことに気づいた。それほど、室内での行為は強烈で、他のことは眼中になかった。

今までひと言も喋《しゃべ》らずに秘密の行為を凝視していただけに、すぐに言葉が出てこない。

「お水……」

やっとそれだけ言った。

「喉が……」

また掠れた声で囁いた。

伊豆見が黙ったまま和香奈の手を引いた。

和香奈は何も考えられなかった。

DVDで初めて他人の営みを見たときも驚いたが、今夜は間近で実際に見てしまっただけに、より衝撃は大きかった。

歩いている感覚もなかった。伊豆見に手を引かれるまま動いていた。

伊豆見は自分の部屋を通り越し、和香奈の部屋に入った。

小さな冷蔵庫に用意されている冷水を出してグラスに注いだ伊豆見は、和香奈に渡した。

和香奈は一気に飲み干し、大きな息を吐いた。顔が火照っていた。

「僕も一杯、戴いてよろしいですか？」

「えっ？　ええ……」

伊豆見の言葉で、ここが自分にあてがわれた部屋だと気づいた和香奈は、異性を意識して慌てた。

伊豆見はグラスに注いだ水を飲むと、バルコニー側の分厚いカーテンを閉めた。

「覗かれない方がいいですよね？」

今まで自分たちが関野の部屋を覗いていただけに、悪戯っぽい笑いだった。

常識では考えられない光景を見た後だというのに、伊豆見はなぜか落ち着いている。

和香奈の動揺は続いていた。カーテンが閉じたことで、余計に落ち着かなくなった。

「大丈夫ですか？」

はいとは言えなかった。

バルコニーで石のように固まって一点を凝視していただけに、部屋に戻って一気に疲労が押し寄せた。だが、躰が疲れているだけで、まだふたりの営みの姿は鮮明に脳裏に焼きついている。

和香奈はぺたりとベッドの縁に腰掛けた。

今も紫津乃は関野に中心を貫かれ、喘いでいるだろう。激しい喉の渇きを覚え、それを伊豆見に伝え、すぐにここまで引き返すことになったものの、その後のことが気になった。

伊豆見の手前、また関野の部屋を見に行くわけにはいかないが、今何をしているのかと淫らな思いが込み上げてくる。

紫津乃に嫉妬していた。

夫がいながら他の男にも愛されている。しかも、その不倫を夫も公認しているとしか思えない。世の中にはこんな夫婦もいたのだ。

それに比べ、和香奈は相手にしてくれる夫を亡くしてしまった。謙吾が入院したときからひとり寝が続いただけに、亡くなってから届いた淫具に夢中になり、肉ヒダへの心地よさに酔いしれた。

淫具があれば、たとえ相手がいなくても肉茎に貫かれる感触を味わえると思った。それが、次々と届いたＤＶＤを見ているうちに気持ちが変わっていった。

一本目は淫具で遊んでいた紫津乃だった。だが、二本目の口戯を受けている紫津乃を眺めたとき、淫具があっても自分だけでは味わえない快感があるのに気づいた。

三本目で紫津乃が他の男と交わっている姿を見たときは、さらにそれが強まった。そのとき、今夜のように、本物の屹立で感じている紫津乃に激しい羨望が湧き起こった。

私にもして……。

あんなふうにして……。

DVDを見ているときも、そう思った。子宮が疼いた。

今もそのときと同じだ。

一年以上、抱かれていない。いちど男に抱かれる悦びを覚えてしまった躰は、それを忘れることができず、満たされない不満に懊悩《おうのう》する。淫具では満たされない肌と肌の触れ合い。それがなくては絶頂を極めても虚しい。

すぐ近くの部屋で、紫津乃は肉の悦びに浸っている。それも、夫ではない関野に愛されている。

躰が火照っているだけ、和香奈は惨《みじ》めだった。

「大丈夫ですか？」

横に腰掛けた伊豆見が尋ねた。

同じ質問にさっきは黙っていた和香奈も、今度はそっと首を振った。

大丈夫なはずがない。初めて他人の営みを目にしてしまった。それだけでも衝撃が大きく昂ぶっているのに、癒してくれる謙吾はいない。

もし謙吾がここにいれば和香奈を抱き寄せ、紫津乃がされているようなことをしてくれるだろう。

「大丈夫じゃない……ですか。どんなふうに？」

伊豆見の口調は優しかった。だが、和香奈はその優しさに初めて苛立《いらだ》った。こんなときに冷静でいられる伊豆見に憎しみさえ覚えた。

「あの人を一緒に呼びに行こうなんて……そんなことを言うから……伊豆見さんがひとりで行けばよかったのに……」

和香奈の精一杯の抗議だった。

バルコニーに出てまもなく、関野の部屋に明かりがついたのに気づいた伊豆見が、一緒に呼びに行こうと和香奈の手を取り、引っぱった。だから、彼らの営みを見てしまうことになった。それを責めるのは理不尽とわかっていても、今は駄々っ子のように自分の意見を正当化し、伊豆見を非難するしかなかった。

「すぐに引き返せばよかったんでしょうが、ついつい覗いてしまいました。奥様が息を潜めて見入っていらっしゃるのがわかって、僕も男として興味がないわけではないですし、興奮しながら眺めてしまいました」

最初に和香奈が興味を持ったから留まったとも取れる言葉だ。和香奈さえすぐに引き返せば、伊豆見も興味はあるものの、立ち止まって覗くことはなかったと言いたいのだろうか。

「私は……びっくりして足が動かなくなっただけ……あんなことを……あんなことをしてるなんて……動けるはずがないでしょう？」

伊豆見の顔を見ることができず、うつむいたまま喘ぐように言った。

紫津乃がされていたことをしてほしいと思いながらも、素直に口にできない。伊豆見には香穂という妻がいる。和香奈も香穂とつき合いがある。口にできるはずがない。

伊豆見はいつも礼儀正しく、謙吾がいなくなってからは、和香奈の自宅を訪れても長居しないようになった。酒を勧めても辞退し、先日はタクシーで送ってもらった後にコーヒーを勧めてみたが、門扉にも入らず帰っていった。

伊豆見は香穂を愛しているのだ。今、関野が紫津乃にしているようなことを、毎日のように香穂にしているのかもしれない。そう思うと、伊豆見と香穂に対する苛立ちがつのった。

「あんなこと、つまり、セックスは他人に見せるものじゃないかもしれませんが、だからこそ、他人の行為を覗くと興奮しますね」

伊豆見の口からセックスという言葉が出てきたことで、和香奈はたじろいだ。

「今頃、三人で何をしているでしょうね。続きを見たい気もしますよ。こんな機会は滅多にありません。もういちど覗いてみますか？」

「いや！」

興奮すると言っていながら冷静すぎる伊豆見の口調にいっそう苛立ち、和香奈は今までより強い口調で拒絶した。

伊豆見と同じように、続きを見たい。だが、昂ぶるだけ惨めになる。これからの時間が虚しい。

謙吾から送られたDVDに映っていた女と偶然に巡り会い、好奇心で一杯になり、誘われるままここまで来ることになったが、夫を失った女の惨めさだけを感じるようになった。

「あれをおぞましいとお思いですか？　そんなことはありませんよね」

伊豆見が訊いた。

和香奈は唇を噛《か》んだ。

「葉月さんが心配していらっしゃいました。奥様は若すぎるからと。奥様を任せられる代わりの者がいるといいがと」

謙吾は伊豆見にそんなことを言っていたのかと、恥ずかしさと恨めしさで一杯になった。

「奥様は決して自分からは求めない古風な女だともおっしゃっていました」

和香奈は喉を鳴らした。

「ときどき、わざと気づかぬ振りをして焦らすことがあるとおっしゃっていました。可愛すぎて意地悪をしたくなると。そんな男の気持ちはわかるだろうと言われました。焦れったいと訴えているような泣きそうな被虐の顔にはそそられる。そんな顔を見ているだけでムスコが勃ち上がってくると」

謙吾が伊豆見を信頼し、仕事のできる男だといつも褒めていたが、そんなことまで話していたと想像したこともなかった。入院中も、後を託す会社のことばかり話していると思っていた。

他人に知られたくないもっとも恥ずかしいことをふたりが話していたとわかり、激しい羞恥に苛まれた。

「何も言わなくても躰は正直なもので、興奮すると男のペニスは単純に勃ち上がってしまうし、女は簡単に濡れる。それを自分でコントロールできる奴《やつ》がいるとしたら只者《ただもの》じゃないと笑っていらっしゃいました」

そう言った伊豆見が和香奈の手を取り、自分の股間《こかん》に導いた。

「あっ！」

硬くなっている肉茎がパジャマの上からでもわかり、和香奈は短い声を上げて手を引いた。

「落ち着いた振りをしようとしても、やはり躰は嘘をつけないようです」

伊豆見が笑った。

冷静すぎる伊豆見に苛立ちを感じていた和香奈だが、いきなりつかまれた手を硬くなった肉茎の上に置かれると、滑稽《こっけい》なほどうろたえた。

驚きのあまり、その瞬間に手を引いたものの、これまでのふたりの関係が突如として変化したようで、気持ちが追いつかない。

「僕の躰が正直なように、奥様の躰も正直なはずです。あの部屋を覗いていらっしゃるとき、奥様の鼻からこぼれていた熱い息が空気を熱くしていました。久しぶりの涼しい夜なのに、奥様の躰からは熱気が放たれていて、それが僕の皮膚を焦《こ》がすようでした。まるで燃え盛る火の中に佇《たたず》んでいるようでしたよ」

伊豆見の言葉に対して、和香奈は紫津乃達の営みを覗いていたときのように鼓動を高鳴らせ、湿った息をこぼした。

「あんなことが嫌いなら、ずっと覗いたりしませんよね？」

自分も覗いていたくせに、と言いたかった。手を握られていたから動けなかった、とも言い訳したかった。だが、言葉は喉元で消え、やはり出てこなかった。

「健康な女性なら、まして人妻だった奥様なら、熱くなられるのは当然です。僕がこんなになってるように、奥様も濡れていらっしゃるんでしょうね」

「いやあ！」

羞恥に駆られ、和香奈は顔を覆った。

今まで紳士としての伊豆見しか知らなかっただけに、かつて口にしなかった肉の匂いのする言葉が単刀直入に出てくると居たたまれなくなる。

硬くなっている伊豆見の股間も赤裸々な言葉も、この屋敷の別の部屋で行われている異様な行為のせいだろうか。

「喉が渇いたのは興奮なさったからですよね？　ここに戻ってきてから、一気にグラスの水を飲み干されましたね」

和香奈は何も言えず、顔を覆ったまま、いやいやをするように頭を左右に振った。

「何も話してくれないんですか？　僕じゃなく、紫津乃さんとなら、女同士で何でも素直に話せますか？　セックスのことも」

「いやっ！」

顔を覆っていた両手を退けた和香奈は、胸苦しさを覚えて声を上げた。

そのとき、いきなり伊豆見に抱き寄せられ、和香奈はもがいた。だが、伊豆見の右腕はびくともしなかった。

「だめっ！　だめ……あう！」

伊豆見の左手がネグリジェの裾から入り込み、一瞬にして太腿のあわいへと動いた。

和香奈の総身から汗が噴きこぼれた。

「あう！」

伊豆見の指はあっというまにショーツの底に辿り着いた。

布越しに肉マンジュウのワレメを撫でられたとき、和香奈は硬直した。

伊豆見の指がショーツの二重底を行ったり来たりした。ことの成り行きが理解できず、和香奈は固まっていた。

「湿ってますね。これは汗じゃないですよね？」

伊豆見が囁いた。

和香奈は我に返って伊豆見を押し退けようとした。だが、腕の中から逃れることはできなかった。

何年も穏やかな顔しか見せなかった伊豆見が、男でありオスなのだとわかり、焦《あせ》った。

伊豆見の指は布底から離れたが、次の瞬間、ショーツの脇から中に入り込んだ。

「いやあ！」

声を上げた和香奈は、破廉恥な指に腰を振った。

「奥様の声、誰かに聞こえたかもしれませんね」

指をショーツに入れたまま、伊豆見はさほど案じていないような落ち着いた声で言った。

慌てたのは和香奈の方だった。息を潜め、ドアを見つめた。

破廉恥な場所から入り込んだ指は、和香奈が口を噤《つぐ》んだことでふたたび動きだし、湿った肉マンジュウに載った漆黒の翳りを撫でまわした。

「あう……だめ」

ドアの外を意識した和香奈の押し殺した声を無視し、伊豆見の指は翳りを載せたワレメの上を滑った。

和香奈は堅く太腿を閉じた。

「汗じゃないようですね。ぬるぬるしてますよ」

「……いや」

恥ずかしさにいっそう汗ばみながら掠れた声を出した和香奈は、伊豆見の腕の中でもがいた。

ワレメに指が入り込んだ。

「んっ！」

髪の生え際までそそけ立った。

指は右の花びらをいじり、次に左の花びらを確かめるようにねっとりと動いた。

「くっ……」

謙吾の指にしか触れられたことがない女の器官が、他の男の指にいじりまわされている。

何が起こっているかわからず、和香奈は動転し、汗まみれになった。

「奥様が何もおっしゃらないから、濡れているかどうか知りたくなったんです。躰は正直ですから。こうする前から濡れていたのがわかってほっとしました。ショーツには大きなシミができてるんでしょうね」

和香奈は羞恥に身悶えた。

「僕は悪い男ですか？　でも、いやだと言う女性を強引に自由にするような悪じゃありません。いやだとおっしゃる奥様に、これ以上のことはしませんからご安心を」

伊豆見の指は呆気《あっけ》なく秘所から離れ、ショーツの外に出された。

「して」

伊豆見の腕から解放されると同時に、和香奈は慌てて口にした。

「して……」

次に、すがるような口調で繰り返した。

その後で、和香奈は自分の言葉にうろたえた。

五章　背徳

伊豆見の唇が弛んだ。

「今、してと、そうおっしゃいましたね」

和香奈は慌てて首を横に振った。

紫津乃と関野の交わりを覗いてしまい、部屋に戻っても和香奈の躰は火照っていた。その上、紳士と思っていた伊豆見が肉の匂いのすることを口にし、あげくに抱き寄せてショーツの中に手を入れて恥ずかしい部分をいじった。

そこまでしておきながら、伊豆見は呆気なく離れようとした。和香奈の意に反した動きだった。そのとき、とっさに素直な言葉が滑り出た。

して……。

伊豆見の言葉どおり、和香奈は確かにそう言った。だが、口にした言葉の重大さに困惑した。

伊豆見の妻を知っていながら伊豆見を求めようとするのは、許されない背徳行為だ。

伊豆見も意外な和香奈の言葉に驚き、問いただすために確認しようとしているのかもしれない。笑みを浮かべているように見えるが、もしかして侮蔑《ぶべつ》の表情かもしれない……。そんなことを考えながら、泣きたい気持ちを何とか抑え、和香奈はまた首を横に振った。

「僕の聞きまちがいですか？」

和香奈は胸を大きく喘がせると、こくりと頷いた。

伊豆見が苦笑した。

「葉月さんのおっしゃっていたとおりですね。いえ、何も聞いていなかったとしても、何度もお会いしてわかっています。今の時代、なかなか探し出せないような奥ゆかしい女性だと。でも、上の口は嘘つきでも、正直な下の口で確かめましたからね。ほら、奥様の下の口から溢れていた蜜がついています」

伊豆見に人差し指を差し出され、和香奈の耳朶はみるみるうちに紅く染まっていった。

「ほとんど乾いてしまいましたが」

「あっ！　いやっ！」

指先を鼻に押し当てるほど近づけて息を吸った伊豆見に、和香奈は思わずその手を押しやった。

「初めて嗅いだ奥様のアソコの匂いにクラクラします。バルコニーで覗いていたときから溢れていたんですね。だから、思いのほか濃い匂いがするんです」

「ああ、いやっ！　嫌い！」

羞恥に消え入りたかった。

自分の指で慰めた後や淫具を使った後、秘所に触れていたものを後ろめたい誘惑に駆られながら嗅いでしまうことがある。恥ずかしくて淫らな匂いだ。

それは決していやな匂いではなく、かといって芳しくもなく、それでも、オスにとっては何ものにも勝るメスの香りとわかる。不思議な誘惑臭だ。

だが、わかっていても目の前で露骨に嗅がれると恥ずかしく、いたたまれなかった。

「僕は発情しています。奥様も発情してらっしゃいますね」

恥ずかしすぎる言葉だった。発情しているという言葉があまりにも適切すぎて、和香奈は返す言葉もなかった。

「食事と同じように、セックスも生きる上で大切な糧《かて》なんですよ」

伊豆見に抱きかかえられるようにしてそっと押し倒されたとき、和香奈は逃げるべきか従うべきか判断できず、激しく胸を喘がせた。

「シャワーなんか必要ないですよね？」

そう言ってネグリジェの裾から手を入れた伊豆見に、和香奈は即座に首を横に振った。

「つまり、シャワーを浴びてからがいいということですか？ このままがいいと言ったら？」

「だめ……シャワー」

バルコニーから紫津乃達の営みを覗いていたとき、じっとりと汗が滲んだ。秘芯もぬめりで汚れている。

「わかりました。シャワーを浴びてから楽しいことをする方がいいと言われたら従います。出て行けと言われるかと心配でした」

伊豆見は和香奈の上半身を起こしながら笑った。

今になって和香奈は、伊豆見にこれからの時間を承諾したのに気づいて慌てた。

「シャワーは……だめ」

「じゃあ、やっぱりこのままがいいんですね。僕はその方が好きです」

「だめ！」

和香奈は即座に拒絶した。

伊豆見が苦笑した。

「本当に苛《いじ》め甲斐《がい》のある人ですね。時々、頭から食べてしまいたくなると言っていた葉月さんの言葉がよくわかります。こんな他愛ない遊びをしていたら、何もしないまま朝になってしまいそうです。五分以内にシャワーを使って出てきて下さい。遅れたら裸のまま廊下に放り出しますからね」

伊豆見がナイトテーブルの置き時計を取り、今の時間を確認させるように針を指した。

「もう三秒経った……五秒……十秒……五分なんてすぐですね」

伊豆見が故意に急《せ》かしているのにも気づかず、和香奈は考える余裕をなくした。

部屋の壁際のコンパクトなシャワールームは三方が強化ガラスで、天井のカーテンがコの字形に取りつけられ、それを使えば中が隠れるようになっている。

和香奈はカーテンでシャワールームを隠すと、ネグリジェを脱いで脱衣籠に入れ、脱いだショーツはその下に隠した。先のことは考えず、たった今しなければならないことしか念頭になかった。

「シャワーはやめにしますか？」

「もう浴びるだけ。来ないで」

慌ててそう言った和香奈は、シャワルームのドアを開け、急いで中に入った。

そのとき、素裸の伊豆見がカーテンを開けた。

仰天した和香奈は伊豆見がシャワー室に入ってこられないように、中から入口のステンレスのハンドルを握って開けられないように力を入れた。

そんなことには目もくれず、伊豆見は脱衣籠の中のネグリジェを手にし、その下のショーツを見つけて手に取った。

「だめっ！」

和香奈はうろたえた。

伊豆見は慌てている和香奈に目をやると、ニヤリとし、ショーツを裏返してシミのついている二重底を眺めた。

和香奈はシャワー室から飛び出し、ショーツを奪い取った。伊豆見がシミのついた部分に鼻を近づけ、匂いを嗅ぐような気がした。それだけは阻止しなければと思った。

「おや、シャワーはやめたんですね」

「こんなことするなんて……伊豆見さんがこんなことするなんて」

和香奈の肩先が喘いだ。

「発情していると言ったはずです。奥様もシャワーなんかどうでもよくなったんでしょう？だから、裸の僕を見てさっさと出てこられたんですよね？」

ショーツを奪い返すことだけしか考えていなかった。今になって互いに何も身につけていないことに気づいた和香奈はパニックになって胸を隠し、伊豆見の前から逃げ出した。

「ヒッ！」

腕をつかまれたとたん、和香奈は硬直した。

「五分以内にシャワーを使って出てきて下さいと言ったはずです。遅れたら裸のまま廊下に放り出すと言いましたが、あと何秒か残っているようですし、それはやめておきます。そのかわり、シャワーはおしまいです」

楽しげな伊豆見の口調と裏腹に、和香奈はこれから伊豆見との大人の関係が始まると思うとどうしていいかわからず、逃げることしか考えなかった。しかし、裸のままでは廊下にもバルコニーも出られない。それに、伊豆見にしっかりと腕をつかまれている。

伊豆見のことを好きだと思い始めていたにも拘わらず、亡き謙吾しか知らないだけに、いざとなると覚悟が足りない。何もかも不安になる。それでいて、紫津乃が愛でられていた姿をＤＶＤだけでなく現実に見てしまい、ひとりで休むには虚しすぎる。

「洗って食べた方がいいものもありますが、もぎたてをそのまま口する方がいいものもあります。奥様はそのままがよさそうです。組板《まないた》代わりのベッドに載せたら、シャワーを浴びなくてもいいほど綺麗にしてさしあげます」

「あう！」

グイと腕を引っぱられ、あっという間にベッドに押し倒された。

「どこから食べてほしいですか？　人のセックスを覗いて興奮してぬるぬるがたくさん溢れたアソコからにしましょうか」

太腿の狭間に伊豆見は強引に躰を割り込ませた。

この期に及んでまで、和香奈はベッドから逃げるために躰を起こそうとした。だが、それより早く、伊豆見がふたつの乳房をつかんだ。

「あう！」

和香奈は起き上がれなくなった。

「ここまで来たら続行するのみですね。これで終わりにしたら、僕も奥様も一生後悔するでしょうから」

和香奈の焦りと対照的に伊豆見は笑みさえ浮かべ、落ち着いた口調で言った。それから、胸の谷間に顔を埋め、乳首を口に含んで舌先で舐めまわした。

「んんっ！」

乳首の先から女の器官に向かって、快感が一直線に駆け抜けた。

「くっ……ああっ……んんん」

伊豆見の舌がちろちろと果実をつついたり、吸い上げたりこねまわしたりする。

一年以上営みから遠ざかっていただけに、優しい愛撫でも強烈な刺激だ。

乳首を愛でられているのに下腹部が脈打っている。

「すぐに乳首がコリコリになるんですね」

顔を上げた伊豆見は、今度は指先で小さな乳首をいじり始めた。

「はあぁっ……」

伊豆見に見下ろされているだけで恥ずかしく、視線が眩しい。和香奈は眉間に小さな皺を寄せ、顔を背けた。

こんなことになっていながら、まだ心を開くことができない。それでいて、紫津乃と関野の営みを覗いた異常な時間に性欲を刺激され、太い物が欲しくてならない。伊豆見が相手ならいいという思いもあるが、心が解き放たれようとしてはまた閉じる。

伊豆見は和香奈の表情を見下ろしながら、乳首だけを指で揉みほぐしたりさすったりした。

「あは……」

ジンジンとした刺激が躰の末端へと広がっているだけに、優しい愛撫が焦れったかった。

肉マンジュウの中の女の器官からうるみが溢れ、肉のマメがトクトクと脈打っている。

今、乳首だけしかもてあそばれていないというのに、肉のマメや秘口のあたりが感じている。むず痒《がゆ》いような焦れったい疼きだ。

和香奈は拳を握り締めて耐えた。

早く……。

早く他のところを触って……。

和香奈はそう念じたが、伊豆見は乳首だけ執拗に責めた。

「だめっ」

和香奈はついに伊豆見の手を払い、両手で乳房を隠した。

「手を退けてくれないといじれないじゃないですか。僕は可愛い乳首が気に入ったんです。一日中でもいじりまわしていたいのに」

「だめ」

和香奈はさらにしっかりと乳房を隠した。

「悪い手はくくりましょうか」

ナイトテーブルに載っていたバスローブの紐《ひも》を取った伊豆見が、目を細めた。

伊豆見の言葉は冗談だと思った。それでもバスローブの紐を手にした伊豆見を見ると恐怖が駆け抜け、和香奈は半身を起こした。

「葉月さんは優しい人だったから、奥様をくくったりはされなかったでしょうね。でも、くくられると敏感になるんですよ。口で言ってもわかりませんよね。これから確かめて下さい」

「だめっ！　いやっ！」

和香奈は退いた。

伊豆見が近づいたとき、和香奈はベッドから飛び降りた。

伊豆見の手が伸び、すぐさま和香奈の腕をつかんだ。

「ヒッ！」

全身がそそけ立った。

「手首だけ。そして、負担が掛からないように前でくくります。これで交渉成立にしませんか？」

激しい動悸のしている和香奈と対照的に、伊豆見はゆったりとした口調で訊いた。

和香奈は首を横に振った。

「質問したのはまちがいでした。僕はそのつもりになっていて、いやだと言われてもくくるつもりなんです」

両手首を左手でひとつにして握られたとき、

「いやあ！」

またも和香奈は周囲をはばからず、大きな声を上げた。

「きっと誰か来ますよ」

伊豆見は慌てるどころか、ゆとりの笑みを浮かべている。

焦ったのは和香奈の方だった。今の自分の状況より、外に対する不安が大きくなった。そのとき、伊豆見の右手に握られていた紐が和香奈の手首をひとまわりした。ふたまわりするのはあっという間だった。

「いやっ」

今度はあたりをはばかり、声を殺した。ねっとりした汗が総身から噴き出している。

次に、今までまわった紐に十文字に紐がまわり、簡単に抜けなくなった。手首を動かし、いましめから逃れようとしたが無駄だった。

「大きな声を出すわ……だめ」

和香奈は泣きそうになった。

「もう十分すぎるほど大きな声を出したじゃありませんか」

伊豆見が笑った。

廊下で足音がし、ドアの前で止まり、ノックの音がした。

和香奈の心臓が止まりそうになった。

「何かありましたか？」

紫津乃の夫、藤波の声だ。

「このまま出ますか？　ドアを開けますよ」

伊豆見に訊かれ、首を横に振るしかない和香奈は焦った。

動じているようには見えない伊豆見は躰をドアに隠し、少しだけドアを開いた。

信じられない行為に和香奈は狼狽した。ドアの隙間から見えないように、伊豆見の後ろに躰を隠した。

「取り込み中なんです。お騒がせしてすみません」

伊豆見はわずかなドアの隙間から首だけ出し、藤波に悪びれる様子もない。

「おや、和香奈さんの部屋に伊豆見さんがいらっしゃいましたか。和香奈さんは？」

和香奈ははらはらした。

「奥様、藤波さんがお呼びですよ」

唐突だった。信じられない伊豆見の言葉に、和香奈はどうしていいかわからなかった。

「大きな声がしましたが大丈夫ですか？　和香奈さんの声が聞けたら安心して部屋に戻りますが、そうでなかったら、今すぐに強引に部屋に入らせてもらいますが」

「大丈夫です。すみません」

和香奈はとっさにそうこたえた。

今立ち入られては困る。素裸で両手をくくられている姿など見られるわけにはいかない。

「大人の時間を邪魔してしまったようで、とんだ野暮でした。失礼しました。どうぞゆっくりお楽しみを」

藤波がドアを閉めた。

大人の時間と言った藤波に、羞恥が込み上げた。伊豆見と昔からそんな仲と勘ちがいされただろう。

「奥様、いやじゃなかったんですね。彼に助けを求めて、僕はこの屋敷から今すぐにつまみ出されるだろうと覚悟していたんですよ」

そんなふうには見えなかった。だが、それは伊豆見の居直りだったのだろうか。

「あちらの部屋ではもう終わったんでしょうか。藤波さん、バスローブでした。それとも、少し休憩して朝まででしょうか。さて、これで屋敷の主も承知の上。大きな声を出しても、もう誰もやってきませんよ。藤波さんがおっしゃっていたように、大人の時間を邪魔するのは野暮ですからね」

伊豆見がニヤリとした。

「だめっ！」

去った藤波にほっとしたのも束の間、伊豆見の言葉に和香奈はくくられたままバルコニー側の窓際へと逃げた。

だが、すぐに捕まり、ひょいと抱き上げられ、ベッドに運ばれた。

「いやっ、だめっ！」

必死に、けれど、声を殺して抵抗した。

「さてと、どこからご馳走になりましょうか。どこも最高に熟していて美味そうです」

「だめっ！」

和香奈はくるりと躰を回転させ、うつぶせになった。

「こんな格好になられたのは、後ろからされるのがお好きだからですか？　そうですね。お尻の形もつんと盛り上がったところも芸術的と言っていいほど美しいんですから、後ろからムスコを入れると、それだけで達してしまうかもしれません」

躰を隠したつもりが、伊豆見の言葉に動揺した。だが、乳房や下腹部を見られるのもはばかられ、今さら仰向《あおむ》けになることもできない。

「あう！」

背中を伊豆見の舌が滑ったとき、和香奈は汗をこぼし、硬直した。次にうなじを舐められると総毛立った。舌は丁寧に背中全体を舐めまわしていった。

「あは……んんっ」

どこもかしこも感じるが、肩胛骨《けんこうこつ》の脇を舐められると肩先がくねった。感じすぎるのが恐い。

くくられると敏感になると言った伊豆見の言葉が正しいのか、舌戯が巧みなせいか、それとも、久々の愛撫に敏感になっているだけか、和香奈にはわからなかった。

くくられる前、指や口で乳首だけを愛でられたときも、感じすぎて耐えられなかった。元々敏感だと謙吾にも言われたが、今は総身の神経が剝き出しになっているようだ。

舌が豊臀を滑り始めると、双丘がぴこっと弾んだ。

「あっ！　いやっ！」

ふいに尻肉の谷間を左右に大きくくつろげられ、和香奈はこれまでにない大きな声を上げた。

伊豆見の両手が動かないのを知ったとき、和香奈は屈辱から逃れるため、滑稽なほど尻を振りたくった。だが、くつろげられた谷間は閉じなかった。

「いやいやいやいやいやっ！」

周囲のことを気にする余裕などなかった。和香奈は大声を上げて尻を振り続けた。

「いかにも奥様らしい可愛くて綺麗なアヌスですね」

「いやあ！」

屈辱のあまり、この世から消えてしまいたかった。

「もう誰も来ないと思っていましたが、今の声に驚いて、もういちどやってくるかもしれませんね。そのときはどうしましょうか」

相変わらず伊豆見は沈着だ。

大きな声を上げてしまったことに気づいた和香奈は次の言葉を喉の奥に押しやり、シーツを噛んだ。

「奥様がうつぶせになったのは、もしかして、この可愛い後ろのつぼみを見てほしかったからじゃないんですか？」

和香奈はシーツを咥えたまま、首を横に振った。伊豆見のわざとらしい辱《はずかし》めの言葉が恨めしかった。

初めてこんなことになったというのに、これほどの屈辱を味わわせ、それでいながら、いつもと同じ敬語で話しかけてくる。それがよけいに居たたまれなかった。

「奥様は全身が性感帯のようですね。アヌスは排泄器官でありながら、とても感じるところです。もちろん、奥様もそうでしょうね？」

「ぐっ！」

くつろげられた双丘の谷間のすぼまりに舌が押し当てられたとき、和香奈の尻が跳ね上がった。

「い、いやあ！」

破廉恥な舌から逃れようと、和香奈は噛んでいたシーツを離し、肩をくねらせてずり上がろうとした伊豆見が腰をつかんでグイッと持ち上げた。

「あっ」

高々と持ち上げられた破廉恥な尻を落とそうと、和香奈はもがいた。だが、両手首をひとつにしてくくられているため、自由に身動きできない。

和香奈はシーツに頭をつけたまま、どうすることもできなかった。

「奥様のキュッと閉じたアヌスは可愛いだけでなく、色もとても綺麗ですね」

「いやあ！」

「舐めた感触も上等のお豆腐のようにつるりとしていて」

「嫌い！　いやっ！　放して！」

恥ずかしい言葉に耳を覆いたかった。だが、両手の自由はない。尻を掲げられ、間近で排泄器官を見つめられていると思うと、その屈辱に耐えられなかった。

羞恥や怒りや哀しみが一気に込み上げ、涙が溢れた。嗚咽《おえつ》が広がり、肩先が小刻みに震えた。

伊豆見が和香奈の腰を落とした。

「とうとう泣かせてしまいましたね」

和香奈をひっくり返して仰向けにした伊豆見に困惑や詫びる表情はなく、苦笑している。

涙を拭くこともできない和香奈は、また躰を回転させてうつぶせになり、顔を隠した。

「やっぱり、さっきのようにお尻を持ち上げられたいようですね。下ろしてしまってすみません」

鼻をすすり上げている和香奈は、慌てて仰向けになった。

伊豆見が手首にまわっていたバスローブの紐を解いた。

「どうしてそんなに可愛いんです。葉月さんが手放せなかったはずだ」

伊豆見がまた苦笑した。

「恥ずかしいこと、しないで……苛めないで」

和香奈は伊豆見にしがみつき、いっそう激しく肩先を震わせた。

「恥ずかしいことが好きで、恥ずかしいことをされると濡れるくせに、いつまでも奥様の上の口は嘘つきですね。でも、ほら」

「あっ」

抱き寄せられ、一本の指が唐突に肉マンジュウのワレメに入り込んだとき、和香奈は伊豆見の胸を押して躰を離した。

指は秘園から離れたが、ぬめついたそれを伊豆見は和香奈の目の前に突き出した。

「恥ずかしいことをしないでと言いながら、どうしてこんなにぬるぬるでいっぱいなんですか？　まだそこには触っていないはずですよ。奥様がお洩らしなんかなさるはずはありませんしね。それにオシッコがぬるぬるしているわけはないですし」

「嫌い！　いやっ！」

和香奈は胸を激しく波打たせながら、差し出された指を払った。

「そんなに嫌われたんじゃ、自分の部屋におとなしく戻るしかないかな」

「嫌い！　大嫌い！」

和香奈は伊豆見の言葉に怒り、枕を投げつけた。

和香奈の投げつけた枕が顔に当たると、伊豆見はそこを押さえてベッドに仰向けに倒れ、動かなくなった。

はっとした和香奈は、目を見開いて伊豆見を見下ろした。伊豆見はぴくりともしない。枕なので当たっても心配ないと思っていた。致命的なところに当たってしまったのだろうか。

とんでもないことになってしまったのかもしれないと、動転した和香奈は、伊豆見を揺すった。

「伊豆見さん……伊豆見さん……起きて」

伊豆見は目を閉じたまま揺すられるままだ。

「ごめんなさい……起きて……ね、起きて……嫌いなんて言わないから起きて……好き……

何をしてもいいから……ね、だから、起きて」

和香奈は必死に伊豆見を揺すった。

目を開けた伊豆見がニヤリとした。

和香奈は仰天した。

「嫌われたんじゃなかったんですね。好きだと言われて光栄です。それに、何をしてもいいんですね」

伊豆見に騙《だま》されたと知った和香奈は、心底心配して動揺していただけに、口惜しくてならなかった。そして、自分の言葉の恥ずかしさに消え入りたかった。

「ほんとは……ほんとは大嫌い！　ばか！」

落ちていた枕を取って、また伊豆見に投げつけた。

伊豆見はひょいと避けた。

「今度は外れましたね。また当たって脳震盪《のうしんとう》でも起こしたら大変ですからね」

「嘘つき！」

「あれ、嘘つきは奥様の上の口じゃなかったですか？　そうだ、思い出しました。上の口は嘘つきで、下の口は正直でぬるぬるがたくさん出ていたんでした。正直者の下の口はまだ見ていませんでしたね。じっくり拝見させていただきますよ」

「だめっ！　いやっ！」

「邪魔をする手を、またくくってさしあげましょうか」

伊豆見がバスローブの紐を取ると、和香奈は両手を後ろに隠し、大きく首を横に振った。

「じゃあ、くくりませんから、横になってアソコがよく見えるように大きく脚を開いてくれますか？」

初めてこんな関係になりつつあるというのに、伊豆見はできるはずもない破廉恥なことを命じる。

「絶対に……いや」

紳士的だった今までの伊豆見とちがう一面を見せつけられるにつれ、恨めしさと同時に、甘えたい衝動に駆られていった。そして、甘えは偽りの反逆へと姿を変えた。

「絶対に……絶対にいや。絶対いや！」

強引に屈服させられたい。そうすれば、力ずくだったと言い訳できる。恥ずかしくて自分から素直に抱いてと言えない。

「してと言ったのは嘘ですか？　この先は諦《あきら》めた方がいいんでしょうか」

和香奈の意に反して、また伊豆見が意地の悪い言葉を吐いた。

せめてネグリジェでも着ているなら伊豆見の意地悪さに耐えきれず、部屋から飛び出していたかもしれない。だが、一糸まとわぬ姿の今、和香奈はどうすることもできなかった。

ベッドに横になって脚を大きく広げるように言われ、はい、と簡単にできるはずがない。一緒に暮らした謙吾に言いつけられたのならまだしも、伊豆見とは長い知り合いとはいえ、まだ他人なのだ。自分からそんな恥ずかしいことはできない。

ここまで来ていながらわかりきったことを口にして困らせる伊豆見を、和香奈は唇を嚙んで精一杯見据えた。それから、薄い掛け布団を頭から被って躰を丸めた。

伊豆見は力ずくで掛け布団を剝がすだろうか。それとも……。

意表を衝《つ》いてくるばかりの伊豆見が口惜しく、和香奈は掛け布団の中でも唇を嚙んでいた。

物音がしない。だが、和香奈は決して自分から顔を出すまいと思った。

そのうち、ドアの音がした。伊豆見が出ていったのかもしれないと、和香奈は愕然とした。

それでもしばらくじっとしていた。

静かすぎる。

泣きたい気持ちで顔を出した。やはり伊豆見の姿はない。和香奈の拒絶の言葉を真に受けて出ていったのだ。

ベッドから下り、ドアの前に立った。

「ばか……大嫌い」

和香奈はすすり泣いた。

「おや、眠ったんじゃなかったんですか」

「ヒッ！」

背後の声に心臓が止まりそうになった。

振り向くと、ベッドの向こう側にいた伊豆見が半身を起こした。

出ていったとばかり思っていた。布団から顔を出して部屋を眺めたつもりだったが、そこは死角だった。

どうやら伊豆見は、ドアと反対側のベッド脇に躰をつけるようにして横になっていたようだ。

「どこまで可愛いんですか。泣かれると、僕が悪いことでもしたようじゃないですか」

伊豆見が笑った。

「僕が奥様と一緒にバルコニーから入ってきたのを忘れましたか？　ドアを開けましたが、そこから廊下に出ても僕の部屋には鍵が掛かっていて入れないのに気づいて、すぐに閉めたんです」

伊豆見の言葉は嘘にちがいない。和香奈の注意を引くために故意にドアを開いて閉じ、出ていった振りをして隠れたのだ。出ていくつもりなら、とうにバルコニーから出ていっているはずだ。和香奈の様子を窺《うかが》うための企みだったのだ。

「どんなに奥様が可愛い人か、葉月さんに何度も何度も聞いていました。あまりに可愛い人だから、ついつい苛めてみたくなるんです。男の嗜虐心《しぎゃくしん》をそそる人ですね。でも、もうオアソビはやめにします。僕も限界です。我慢できなくなりました」

伊豆見が近づいた。

下腹部の茂みの中から肉茎が雄々しく勃ち上がっている。

ドアの前で伊豆見に抱きすくめられたとき、和香奈の総身が強ばった。

「こんなに可愛い人が一年以上もセックスをしていないなんて切なくなります。それなのに焦らしすぎて泣かせてしまって、僕も相当悪い男ですね」

騙された怒りや悔しさが、耳元で優しい言葉を囁かれると呆気なく消えていった。

愛されたかった。今まで孤独だった。

謙吾からの死後のプレゼントが届き、生まれて初めての淫具で遊んで満足したというのに、徐々に営みの相手がいない切なさを感じるようになった。

今夜は現実に紫津乃が愛でられている姿を伊豆見とともに覗いてしまい、昂ぶった。そして、我が身の孤独を辛いほど感じた。

紫津乃のように誰かに愛されたかった。伊豆見をいつになく強く意識した。伊豆見に妻がいることも、その妻と知り合いであることも、今はもうどうでもよかった。ただ愛されたかった。

伊豆見の手が和香奈の手首を握り、太腿のあわいに導き、強引に屹立を握らせた。

胸を喘がせた和香奈だが、手を退けようとはしなかった。恐る恐る握り締めると、肉茎がひくりと跳ねた。

「あっ」

和香奈は思わず手を離した。だが、またすぐに握りなおした。

伊豆見が苦笑した。

「ほんとに、まるでヴァージンみたいですね。でも、奥様がヴァージンのはずがないですしね。まだ花びらやオマメを触っただけでヴァギナには指も入れていませんが、さぞ気持ちのいい器でしょうね。で、それを握ったまま、どうなさるつもりですか？」

伊豆見に訊かれ、和香奈は胸を波打たせた。

「奥様の口からは言えませんよね。ここで立ったままでもいいですよ。いえ、冗談です。初めてのときはベッドがいいに決まってますよね」

その言葉だけで恥ずかしく、和香奈は無意識のうちに伊豆見の肉茎を握っている手に力を入れた。

「おっ……奥様の手でグイとやられると気持ちよすぎて、たまりませんよ」

和香奈は自分のしたことに気づき、即座に剛直を離した。

笑った伊豆見が和香奈をベッドに伴った。

両脚を閉じて横になった和香奈は、また下腹部を両手で隠し、緊張していた。

「楽しいことを始めるには、まだ見ていないところを拝見してからですよ」

伊豆見はいきなり和香奈の膝をグイッと押し上げた。

「あっ！」

膝が胸に着くまで押し上げられ、和香奈は慌てた。

秘園が天井を向いたのと、伊豆見がそこに顔を埋め、会陰から肉のマメに向かってべっとりと舐め上げたのは同時だった。

「くっ！」

久々の口戯によって、自分の指や淫具では味わえない快感が和香奈の総身を駆け抜けていった。

和香奈はのけぞって顎を突き出し、白い首を伸ばした。半開きの唇が照明を反射してぬめぬめと光った。

激しい動悸が少し収まったとき、和香奈は、伊豆見が秘所を眺めているのに気づいた。まだ極めたわけではないが、それほど和香奈はぼんやりしていた。

「いやっ。見ないで！」

我に返った和香奈は尻を振った。だが、押し上げられた両脚はがっしりと押さえつけられ、びくともしなかった。

「やっぱりここも最高の美人ですね。花びらの色に大きさ、形、クリトリス包皮のスマートさ、ヘアの濃さ……文句のつけようがありません。ジュースの味も、それこそ、甘露です」

「いやいや」

和香奈は羞恥のあまり泣きたかった。

「奥様の何もかも見てしまいました。ここだけでなく後ろの可愛いすぼまりまで。もう何も恥ずかしがることはないじゃありませんか。せっかくだから、もう少し味見させてもらいますよ。朝まで時間はたっぷりありますから」

「くっ……」

ふたたび伊豆見の顔が秘園に埋もれ、花びらと肉マンジュウのあわいの溝を舐めていった。

「んんっ……」

心地よかった。一年以上忘れていた舌の感触だ。自分の指を動かしても決して味わえない優しさ。それでいて子宮全体が疼くような心地よさ……。

その快感は漣のように躰の隅々へと広がっていく。指先や髪のつけ根、総身のうぶ毛の生え際までさわさわとしている。

左右の肉の溝を舐めた後の舌先は、花びらの尾根をそっと辿っていった。うなじのあたりがそそけ立った。

恥ずかしさより心地よさが勝っていた。そのままいつまでも伊豆見の舌戯に身を浸していたかった。

これ以上に優しい刺激があるだろうか。これ以上に心地よい感触があるだろうか。

今度は聖水口を舌先で舐められ、軽くこねられた。

「はああ……ああう……はあああ……」

朦朧《もうろう》とした。

「いい……ああ、気持ちいい……いい」

和香奈は泣きそうな声を出しながら喘いだ。

「好き……それ、好き……」

初めて正直な気持ちが言葉になった。

謙吾に最初に聖水口を愛でられたとき、何をされているのかわからなかった。どこを触られているかもわからなかった。そして、気持ちがよすぎて洩らしてしまった。

和香奈は、軽蔑されたのではないかという不安から泣きじゃくった。謙吾はそんな和香奈に、気持ちがよすぎると洩らすことがあるし、ちっとも恥ずかしいことじゃない。むしろ、そんなに感じてくれたのかと男は嬉しいんだと慰めた。

口で愛されると感じすぎる。女の器官を舌でもてあそばれると、法悦はじきにやってくる。だが、それを長引かせる術《すべ》を謙吾は知っていた。

聖水口は排泄器官だが、和香奈は謙吾に鏡で見せられるまで、肉マンジュウの中を見たことがなかった。

何もかもが、ぐにゅぐにゅしているようなはっきりしない形で困惑した。透きとおったゼリーのようなピンクの器官を指して尿道口だと言われたときは、そこにそんなものがあるのかと目を凝らした。

目立たない排泄器官でありながら、舌で触れられると奇妙な感覚が広がり、その妖しい刺激の虜《とりこ》になっていった。

今、伊豆見は聖水口を優しく舐めてはこねまわし、ときおり、ピチャピチャと舐め音をさせている。

「んふ……はああっ」

和香奈は悦楽の海をたゆたった。

舌戯を行っていた伊豆見が押し上げていた和香奈の脚をシーツに戻し、太腿の狭間に躰を入れ、また聖水口に口をつけた。

「好き……それ好き……ああっ……いい」

心地よすぎると泣きたくなる。さっきからずっとその感情に包まれていた。

伊豆見が顔を上げた。

「もっと脚を開いて下さい。ずっと気持ちのいいところを舐めてさしあげますよ」

もっと……。

してしてしてして……。

和香奈はそう思いながら、白いすべすべの太腿を左右に大きくくつろげた。もう恥じらいやためらいはなかった。

「奥様は舌でされるのがお好きなようですね。ずっとこれだけでもいいんですよ」

紫津乃のような法悦を伊豆見に与えてもらいたかった。伊豆見になら何もかも許せる気がした。

謙吾が亡くなってから、伊豆見は毎週花を持って訪れ、四十九日が過ぎてもやってきた。いつも紳士だった。

いつしか伊豆見を慕うようになっている自分に気づいた。けれど、こんなことになるなど予想したこともなかった。

聖水口を舐めまわされ、ぬるま湯に浸っているような気がする。躰が溶けていくような心地よさだ。舌が肉のマメを包んでいるサヤを舐めまわし始めた。

「はああっ……いい……そこも……好き」

和香奈の腰がくねった。

伊豆見の舌戯は巧みだ。謙吾とはちがう。それでも、まるで昔から和香奈の躰を知り尽くしているように、ほどよい刺激で悦楽の壺に触れている。

いつもは隠れている恥ずかしい部分をくまなく舌が滑っていくたびに、総身が悦びに満たされた。

敏感な肉のマメを避けて細長い包皮の周辺をチロチロと舐められているとき、ついに、何度も繰り返される優しすぎる絶頂の波が訪れた。

「あは……はあああ……あああっ……」

和香奈は艶めかしい喘ぎを洩らした。

一回だけの激しい絶頂ではなく、女にしかわからない永遠に続くような法悦だ。

女にはふたつの法悦がある。謙吾との生活で女になり、初めて絶頂を迎えたのは指戯によるものだった。次が口戯によるものだった。だが、どちらも一回で過ぎ去る大きな法悦だった。

やがて繰り返されるもうひとつの法悦を知ったとき、和香奈は女に生まれた幸せをいっそう強く感じた。夫との営みが、恥ずかしくも待ち遠しいものになった。

謙吾が他界し、二度と味わえないと思っていた悦びが、今、伊豆見の愛撫によってふたたび訪れている。

肉の塊になっているのか、意識だけの世界にいるのかわからなくなる。ただ心地いい。秘口が喜悦の波に合わせた妖しい収縮を繰り返している。

どれほど法悦の波に身を任せていたかわからない。長い長い時間だったような気もする。

覚醒と眠りの狭間を漂っていたような感覚だ。

伊豆見が秘所から顔を離しても、まだ優しい余韻は続いていた。

「いったんですね。それも何度も」

心地よい気怠さに包まれていた。和香奈は声を出そうとしたが言葉にならなかった。

白い肌がうっすらと桜色に染まり、定まらない視線が空を見つめていた。

「ずっと奥様がほしかったものをさしあげます。今入れると、刺激が強すぎて、すぐに大きなものが来てしまうかもしれませんね。でも、限界です。今まで何度も限界と思いながら堪えてきましたが、もう待てません」

手にした屹立を伊豆見が濡れた秘口に押し当てた。肉茎は膣ヒダを確かめるように、ゆっくりと沈み始めた。

「おお……」

「あ……あああああ……」

伊豆見の感嘆の声と和香奈の喘ぎが重なった。

肉のヒダを押し広げて沈んでいく剛棒の感触に、肉も魂も溶けてしまいそうだ。

膣ヒダから総身へと広がっていく快感に、髪の毛やうぶ毛のつけ根までそそけ立った。

「はあああっ……溶け……る」

和香奈の目尻から、歓喜の涙がこぼれ落ちた。

ゆっくりと沈んでいく伊豆見の肉茎は、それだけで和香奈の総身を深い悦楽の海へと導いた。

今まで舌戯によって繰り返されていた漣によって新たな刺激は増幅し、天上に押し上げられるような感覚さえ覚えた。

「凄《すご》い……奥様のここは名器中の名器です……なまじ動くと……すぐに精を搾《しぼ》り取られそうです」

奥まで屹立を沈めた伊豆見が、驚きの表情で和香奈を見下ろした。

「最高です……時間をかけた甲斐がありました。ここに来るまで、気が遠くなるほどの時間でした。奥様が求めて下さるまで我慢したんです」

　伊豆見が、胸を合わせた。

「おう……ヒダがこんなに蠢《うごめ》いてる……入口も真綿のように締めつけてくる。じっとしていてもいきそうだ……自分じゃわからないんでしょうね。奥様のここが男にとって……おおっ……どんなに甘美な器か」

　伊豆見は絶賛するが、和香奈は伊豆見の肉茎の心地よさに酔っていた。太い物が女壺一杯に沈んでいるだけで子宮全体が疼いている。

　今まで謙吾の肉茎しか知らなかった。それが秘壺にぴたりと収まっていた。今、大きさも形も謙吾のものとはちがう剛直が、和香奈の肉の器に寸分の隙間もなく収まっている。

　唇を合わせた伊豆見が、すぐに舌を押し入れた。動き始めた舌は、口蓋《こうがい》をくすぐり始めた。

「んぐ……」

　ぞくりとする快感に、和香奈の鼻からくぐもった喘ぎが洩れた。

　口蓋を辿った舌は、次に歯茎を辿り、舌を絡《から》め、唾液を奪い取った。

　じっとしていた和香奈も、おずおずと舌を動かした。今になって、まだ伊豆見と唇を合わせていなかったことに気づいた。

　伊豆見の舌の動きが止まった。和香奈も動きを止めた。だが、なかなか動かない伊豆見に、和香奈の方からちろりと舌を動かし、伊豆見の唇をなぞっていった。

女壺の中で肉茎がクイッと膨張した。

「くっ……」

和香奈の舌の動きが止まった。

「腰を動かしたいのに、果てるのが惜しいような気がしてきました」

顔を離した伊豆見が和香奈を見つめて笑った。

「朝までこうしてひとつになったまま、キスだけにしますか？」

「いや。して……」

このままでもよかった。だが、出し入れの快感がほしかった。淫具ではなく、本物の肉茎の動きを味わいたかった。

「ね、して……」

和香奈はわずかに腰を突き出した。

「そんなに可愛くお願いされちゃ、するしかありませんね」

苦笑しながら上半身を起こした伊豆見は腰を引き、またゆっくりと沈めていった。

悦びの声が広がった。

男女の営みは、こんなにも気持ちのいいものだったのだ。わかっていた。けれど、忘れかけていた。

謙吾との時間を思い出せても、現実の快感をそのまま思い出すことはできなかった。心地よかったという感覚は残っていても、具体的な皮膚と皮膚、粘膜と粘膜の触れ合う感触を、生々しく思い出せるはずがなかった。

今は伊豆見の肉茎が和香奈の女壺に入り込み、紙一枚入り込めないほどぴったりと重なっている。

剛棒が女壺の底から離れ、また沈んでいくとき、ヒダを押し広げていく肉茎の感触は、総身が粟立つほど気持ちがいい。絶頂など迎えなくてもいい。今も十分すぎるほどの快感に満たされている。大きな絶頂が訪れるより、今の快感をいつまでも味わっていたかった。

伊豆見は何度か出し入れを繰り返しては休み、和香奈と胸を合わせた。そして唇を貪《むさぼ》り合った。

舌を絡めて唾液を奪い合い、唇をなぞり合うだけで下腹部へと快感が伝わり、伊豆見の屹立は反応して女壺の中で膨張したり跳ねたりした。そのわずかな反応も、敏感になっている和香奈の肉ヒダは感じ取っていた。そして、和香奈の肉ヒダや秘口が微妙に反応するのを、伊豆見も肉茎全体で感じ取っていた。

「文句無しの大人のセックスですね」

顔を離した伊豆見が言った。

「若い頃の男は腰を動かすのが先決で、さっさといくことだけしか考えられないものです。歳を重ねていくうちに女を悦ばせる方法がわかってきます。忍耐強くもなります。もっとも、葉月さんは僕より早くから大人だったでしょうし、奥様はベッドの上で置いてきぼりにされるようなことはなくて、むしろ焦らされておねだりすることになったのかもしれませんね」

結婚したとき、和香奈は二十代前半、謙吾は三十代後半だった。処女で性的に無知だった和香奈に比べ、謙吾はやけに落ち着いた大人に見えた。

謙吾は初夜のときから優しかった。営みの後、虚しさを感じたり不満を感じたことはなかった。いつも満たされて眠りについた。ひとつになるたびに絆《きずな》が強まる気がした。

そのときのように、剛棒に貫かれている女の器官だけでなく、胸と胸の合わさった皮膚の感触も、伊豆見の背中にまわした腕も心地よかった。

奥様と呼ばれることには違和感を覚えているが、伊豆見には妻がいる。他人行儀に呼ばれるのは仕方がないことかもしれなかった。

こうなるまでには妻の香穂を思い、伊豆見とは深い関係になってはならない相手だと思っていた。だが、今は罪の意識がないというより、日常とはちがう世界に迷い込んでいる気がして、現実的に物事が考えられなかった。

心地いい……。

ただそれだけだった。

「早朝の蓮を見るために、そろそろ休みますか？」

「いや……」

離れないでというように、和香奈は伊豆見の背中にまわしている腕に力を入れた。

「じゃあ、このまま眠りますか？」

「ここにいてくれるの……？」

「もちろん。もう出ていけと言われても出ていきませんよ。くっついているだけでこんなに気持ちがいいんですから」

「して……」

肉ヒダを屹立で擦られるときの、溶けるような快感がほしかった。

「今夜、奥様に、して、と何回言われたでしょうね。自分からは決して求めない古風な奥様に、葉月さんも焦らしたあげくに、して、と言われるのが嬉しかったとか」

そんなことも話していたのかと、和香奈はたちまち耳朶を染めた。

伊豆見が苦笑した。

「ゆっくりじゃ、もの足りませんか？　葉月さんはもっとエネルギッシュでしたか？　五十路過ぎても元気な人は元気ですからね。でも、もう休んでもいいんですよ」

「もういちどしてから……」

和香奈は小さな声で囁いた。

「えっ？」

「もういちどちゃんとしてから……それからお休みするの」

和香奈は大胆な自分の言葉が恥ずかしくなり、見下ろしている伊豆見の視線から逃れた。

「ちゃんとしてからというのは、僕も極めていいということですか？」

和香奈は視線を逸らしたまま、かすかに頷いた。

「やっとお許しが出たようですね。奥様はもう何十回も極められたんですから、そろそろ僕もいいかもしれませんね」

口戯で数え切れないほどの優しい絶頂を味わった。だが、今は膣ヒダを刺激されて極めたかった。

和香奈の快感を見極めながら出し入れをしていた伊豆見は、絶頂がやってこないように営みを延ばしていたのがわかる。

上半身を起こした伊豆見が腰を動かし始めた。

「あう……ああ……いい……」

泣きたいほどの心地よさだ。肉のヒダを刺激されて生まれる気の遠くなるような快感が、伊豆見の動きとともに総身に広がっていく。

伊豆見の腰が丸く動いて膣ヒダをなぞった。また出し入れが始まり、次に、小刻みに腰が動いた。

「凄い器だ……おおっ」

和香奈も下から腰を突き出し、結合部を擦りつけるようにくねらせた。

十年以上人妻だったにしては未熟な動きでしかない。それでも伊豆見を昂ぶらせるには十分だった。

伊豆見の腰が徐々に速度を増した。

「あっ！　あうっ！　くっ！　あう！」

激しく穿《うが》たれ始めると、和香奈は我を忘れて大きな声を上げた。内臓まで届きそうな肉杭の勢いとともに、今まで敏感になっていた女壺の奥から巨大な塊が押し寄せてきた。

「あ、ああっ！」

絶頂の波濤《はとう》が押し寄せた。

同時に、伊豆見の精が女壺一杯に放たれていった。

六章　謎解き

「蓮を見るのはやめますか？　もう少し休んでいますか？」

伊豆見に起こされた和香奈は、すぐには状況が理解できなかった。だが、何も身につけていないのに気づき、昨夜からのことを思い出した。

久々に肉茎を頬張った下腹部がぼってりしている。羞恥が込み上げた。行為の後、そのまま眠ってしまったらしい。

「疲れてるなら休んでいてもいいんですよ。蓮は今日だけじゃないんですから」

「行きます……」

早朝の蓮を見るために紫津乃の屋敷に泊まることになったのだ。行かないわけにはいかない。

「あのまま休んでしまいましたから、シャワーを浴びた方がいいですね」

先にベッドを下りた伊豆見が和香奈に手を差し出した。一緒にシャワールームを使おうと言っているのがわかり、戸惑いながらも従った。

ノズルは伊豆見が持ち、和香奈の背中と胸にシャワーを掛けた。最後に下腹部の肉マンジュウにまで指を入れて洗われ、それだけで和香奈は倒れそうになった。

「もうぬるぬるが出てきましたよ。蓮を見るのはやめますか？　バルコニーから見下ろして終わりにしましょうか。この部屋に僕がいたのは藤波氏に知られていますしね」

すっかり忘れていた。思わず大きな声を出してしまった和香奈に、心配した藤波が様子を見に来た。

両手首をくくられていた和香奈がパニックに陥っていると、伊豆見が代わりにドアを開けた。和香奈の部屋に伊豆見がいるのを知った藤波は、事情を察したように、

『大人の時間を邪魔してしまったようで、とんだ野暮でした。失礼しました。どうぞゆっくりお楽しみを』

そう言ってドアを閉めた。

それを思い出した和香奈は、これからどんな顔をして藤波達と顔を合わせればいいかと困惑した。

藤波夫婦や関野の営みを覗き、彼らの尋常ではない関係も知ってしまったが、そんなことより自分のことで頭が一杯になった。蓮を見に行けば藤波達に会うだろう。蓮を見に行かな

くても朝食が待っている。

「紫津乃さんにも……知られたのかしら」

「気づきませんでしたか？　僕達のことはバルコニーから覗かれていましたよ」

「嘘……」

冗談としか思えなかった。

「カーテンを閉めたつもりが、少し開いていました。そこから彼らが覗いていたんです。僕達も覗いたんです。文句を言うわけにはいかないと黙っていました」

慌ててシャワールームを出ると、カーテンがわずかに開いている。目覚めたとき、伊豆見だけを意識し、カーテンのことなど眼中になかっただけに、和香奈は愕然とした。

営みを覗かれているのがわかっていながら黙っていた伊豆見が恨めしく、和香奈はいつから覗かれていたのか気になった。

勝手なことはわかっている。だが、紫津乃達の部屋を覗いてしまったものの、自分と伊豆見との時間は知られたくなかった。

裸体を見られただけでも恥ずかしい。もし行為そのものを見られていたのなら、みんなに合わせる顔がない。部屋から出ることさえためらわれた。

「躰を拭いたら蓮を見に行きますよ。深夜の一時や二時から開くと聞いたような気がしますから休む前に見るとよかったんでしょうが、そんな余裕はありませんでしたしね」

唇を弛めた伊豆見は、躰を拭き、さっさと身繕《みづくろ》いを始めた。

「蓮を見たらすぐに戻ってきましょう。もう少しここで過ごしたくなりました」

肉の匂いのする言葉だった。

「みんなに会うのはいや……」

和香奈はそこまで言って溜息をついた。紫津乃達に会う勇気がなかった。

「なぜ？」

「恥ずかしいわ……だって」

「奥様らしいですね。見られてしまいましたが、僕達も見てしまったんです。お互い様じゃありませんか？」

秘すべきものを見られてしまった羞恥や居心地の悪さはないのだろうかと、にこやかな伊豆見の沈着さが理解できなかった。

「急がないと、本当にそのまま引っぱり出しますよ」

伊豆見ならやりかねないような気もしてきた。

和香奈は慌てて身繕いした。

最初にドアを開けて首を出したのは和香奈だった。誰もいないのを確かめてほっとし、後ろにいる伊豆見を促した。だが、伊豆見が部屋を出るとき、奥の部屋からちょうど関野も出てくるところだった。

「おはようございます」

驚いた様子もなく挨拶する関野に、和香奈の方が動揺した。

「おはようございます。早起きできて、きれいな蓮が見られそうですね」

相変わらず伊豆見も落ち着いている。

和香奈はうつむき、関野の顔を正視することができなかった。

「昨夜はずいぶんと色っぽい声が聞こえましたよ。女性のあのときの声っていいですね」

関野の言葉に、シャワーを浴びたばかりの和香奈の躰がたちまち汗ばんだ。

「バルコニーから覗いていたのは関野さんでしたか。藤波夫妻かと思ったんですが」

「三人で覗きました。僕達のこともこっそり覗いていたじゃありませんか。和香奈さんもずいぶんと熱心に」

ふたりの会話に仰天していた和香奈は、最後の関野の言葉に、さらに動転した。

「だから、火がついてしまったんです。おとなしく眠れるはずがないじゃありませんか」

伊豆見が笑った。

逃げ出したかった。だが、伊豆見は和香奈の手を取って階下への白い洒落た階段を降り始めた。

藤波夫婦と三人でバルコニーから覗いていたと関野本人の口から聞き、和香奈は動揺のあまり、なだらかな階段を踏み外しそうになった。

「おっと、危ない。顔でも怪我されたら一生後悔します。背負いましょうか」

「ご馳走様。先に行ってますよ」

愉快そうな口調で言った関野は先に降りていった。

階下のリビングで、白っぽい能登上布に薄い水色の名古屋帯を締めた紫津乃が待っていた。

和香奈は、また心騒いだ。

「よく眠れましたか？　池にはこちらから出て下さいね。履き物は用意してありますから」

夫ではない関野に愛されていた紫津乃の艶めかしい姿態が甦った。

何ごともないように落ち着いているのは、和香奈達に室内を覗かれていたのを知らないからだろうか。知っているのは関野だけだろうか……。

疑問を感じながらも、早朝からすでに和服を着こなしている隙のない紫津乃に感嘆しながら、和香奈は案内されるまま、リビングから庭に出た。

池の袂《たもと》にすでに藤波もおり、関野と話していた。

「よく起きられましたね。蓮を見たら、またひと眠りするといいですよ」

伊豆見との交わりを覗いていたのでそんな言葉が出るのだと、軽く会釈した和香奈は、そのまま視線を上げられなかった。

「蓮は四日咲いて散るんです。ご存じかもしれませんが」

和香奈は藤波の目をちらりと見て首を横に振った。

「これは今日初めて開いた蓮。全部開かずに先だけ少し開いて、朝食の頃には閉じてしまいます。何だか恥じらい深い和香奈さんの雰囲気ですね」

藤波が意味ありげな言葉と笑みを向けた。

「二日目は大きく開いて、また綺麗に閉じます。三日目は少し開いたままになります。最後の四日目は午後には散っていくんです」

すでに開いている蓮の花もあれば、閉じているものもある。個人の庭の池にしては広めだが、蓮の数はそう多くない。それでも大きく立派な蓮だけに存在感があった。蓮の茎の間を鯉が悠々と泳いでいる。

「早朝の蓮はおごそかですね」

伊豆見が感心している。

「和香奈さんには、おごそかな朝がふさわしいわ」

紫津乃がゆったりとした口調で言った。

「亡き葉月氏もここにいらっしゃるようですね」

関野の言葉に驚いた。

「ああ、ここにいるに決まっている。和香奈さんの今後を見届けるまでは近くにいるさ」

続いた藤波の言葉にも驚いた。

通り一遍の会話ではないような気がして、和香奈の心に引っかかった。

蓮の花は亡き人にふさわしい。

藤波達が言うように、謙吾がここにいたらどんなにいいだろう。しかし、姿は見えないが、もしここにいるとしたら、伊豆見と深い関係を結んでしまったことをどう思っているだろう。

和香奈は後ろめたさに襲われた。

死後の謙吾からの手紙には、『一周忌まで待たなくていい。今日、今すぐでもいい。心も躰も許せる男がいたら求めることだ。そして、何があっても後悔しないこと。後悔しないために、やりたいことはやることだ』と書かれていた。

そのときは、他の男とそんなことは考えられないと思った。だが、こんなにも早く伊豆見と深い関係を結んでしまった。

謙吾は自分の部下と和香奈がそんなことになるのも許しただろうか。そして、和香奈と面識がある伊豆見の妻がこれを知ったらどうするだろう。

下腹部がまだ火照っている。悦楽の余韻の中で、和香奈は不安や疚しさも同時に感じていた。そして、紫津乃と関野の営みを覗いたことや、その傍らでカメラをまわしていた藤波を思い、一気に人生が変わってしまったような、二度と抜け出せない迷路に迷い込んでしまったような、奇妙な感覚を味わい続けていた。

洋館の庭の池に咲く蓮の花も、この空間を神秘的に見せている。この世のものだろうかとさえ思うようになった。

この屋敷から一歩外に出てしまえば、いつもの光景が現れ、今までの日常が戻ってくるのかもしれない。そして、振り向けば、この屋敷は消えているのかもしれない。

「昼頃までは見られますけど、蓮は早朝が一番綺麗だわ。いかが？」

紫津乃に訊かれ、和香奈は現実に戻った。

「こんなに綺麗な蓮の花、初めてです……ご自宅で見られるなんて贅沢ですね。お手入れも大変なんでしょうね」

「何日でも泊まっていらしていいのよ。伊豆見さんは毎日は無理でしょうけど」

以前から伊豆見とそんな関係と思われているのかもしれない。ブルームーンで紫津乃達と出会ったときから、すでにそう思われていたのだろうか。否定しなければと思ったが、ここでそれを口にするのもおかしい。それに、今さら否定しても、伊豆見と他人でなくなった以上、意味がない。

「和香奈さん、今夜も泊まれるかしら」

「とんでもない……」

「ゆっくり考えていただければいいわ。新鮮なフルーツを絞った飲み物を用意してあるの。喉を潤したら、朝食まで好きなところでゆっくりなさってね。退屈しのぎの写真集も用意しておくわ。じゃあ、あとで」

藤波夫妻と関野がリビングに戻った。

「奥様、葉月さんからお預かりしているものがあります」

蓮の花の前でふたりきりになったとき、伊豆見が意外なことを言った。

「僕の部屋か奥様の部屋でお渡ししたいのですが。もう少し蓮の花をご覧になりますか？　こんなことを言うには性急すぎたかもしれません。やっぱり、沈着な葉月さんに比べると未熟者ですね」

伊豆見が苦笑した。

「主人から私に……？」

「ええ。ことが上手《うま》く運んだ暁には渡してほしいと」

言葉の意味が理解できなかった。

「ここにお持ちになったの？」

「ええ」

なぜ昨日、会ってすぐに渡してくれなかったのかと恨めしかった。それを見れば謙吾への思慕がつのり、伊豆見と深い関係にはならなかっただろうか……。だが、久々の肉の悦びの余韻は今も続いている。

「今すぐ……私のお部屋でお受け取りします」

藤波や関野に伊豆見との関係を知られてしまった今も、男の部屋に入るのははばかられた。

和香奈達がリビングに入ると三人の姿はなく、テーブルにふたつのフルーツジュースと白い紙袋が置かれていた。分厚い袋の中は紫津乃が言っていた写真集だろう。

気が急いたが、喉が渇いているのに気づいた。どんなフルーツをミックスしたのか、これまで飲んだことがない爽やかな味がした。

「これは重いので僕がお持ちしましょう。葉月さんからのお預かりものと一緒に、すぐにお届けします」

和香奈が部屋に入って数分後、伊豆見がやってきた。

「すぐに読んでいただけますか？」

写真集らしい紙袋をナイトテーブルに置いた伊豆見は、懐から封筒を出した。

形あるものと思っていたが、手紙らしい。

忌明けの会食の後、会社の顧問弁護士、篠崎に謙吾から預かっていたと手紙を渡されたことを思い出した。そのときも唐突だった。そして、また突然のことに戸惑った。すでに最後の手紙はもらったものとばかり思っていた。

謙吾は死後に四回もプレゼントを届けてくれた。そして、いつも手紙が入っていた。四回目に、ＤＶＤはこれが最後だ、と書かれていた。それでおしまいとばかり思っていた。


〈和香奈、元気だろうか。手紙もこれが最後になった。だが、和香奈が読むことになるのかどうかわからない。万事上手くいったら渡してもらうことにしている。失敗したときのことも考え、別の手紙も用意しておこう。

私の忌明けから伊豆見君にプレゼントを送ってもらうように頼んだが、和香奈は誰が送っているか考えもしないかもしれない。素直に私からと思うような気がしている。

いつ旅立つことになるか、その日にならなければ医者にもわかるまい。まして、自分でわかるはずもない。だから、和香奈宛の伝票を書いておき、まずは忌明けに届くように伊豆見君に頼んだ。

最初の手紙は篠崎弁護士に頼んだが、後は伊豆見君に任せた。

玩具は使っているか？　セクシーなベビードールは着ているか？　私は病室から出られなかった。それを誰が買ったか、考えたことがあるだろうか。

玩具もベビードールもＤＶＤに映っていた藤波夫婦に頼んだ。だから、もしこれを読んでいるなら、和香奈は藤波邸にいるのかもしれない。

伊豆見君と出会ったときから腹を割って話していた。そして、藤波氏達のことを知った。〉

和香奈は愕然とした。

今になって和香奈は、忌明けから届くようになった謙吾からの荷物に対して、何ひとつ疑問を抱いていなかったことに狼狽した。

謙吾が書いているように、肉茎の形をした玩具が届いたときも、ベビードールやショーツが届いたときも、謙吾が選んで箱に入れたものとばかり思っていた。

しかし、謙吾は入院していた。外に出てそれを購入することはできなかったのだ。


〈純粋無垢な和香奈を、しかるべき人達に頼みたかった。伊豆見君と出会ってから、心を許せる者達が、性さえ共有し合っているのを知った。

そんなことを話してもらえたのは、私が信頼され、伊豆見君を通して、その秘密を共有しないかと誘いがあったからだ。それは和香奈を含めてということになる。

私は和香奈だけでよかった。だから、丁重に断った。だが、こんなことになり、私は和香奈を彼らに任せてみたいと思った。

伊豆見君だけでなく、香穂さんも藤波夫妻と懇意にしている。性を含めて共有し合っている特別の関係だ。だから、伊豆見夫妻に和香奈を食事に誘ってもらい、次の店で藤波夫妻と知り合う段取りにした。和香奈に疑惑を持たれずに、計画を遂行したい。だが、そう上手くいくかどうか。〉

和香奈は混乱した。

性の共有……。

そんな非現実的な話があるだろうか。

書いてあるのが事実なら、伊豆見だけでなく妻の香穂もここにいておかしくないということだろうか。

夫妻との食事の後、香穂が先に帰宅したのも、伊豆見とふたりになったのも、ブルームーンで藤波夫妻がやってきて隣に座ったのも、計画どおりなのだろうか。

もしかして、紫津乃が和香奈のワンピースにカクテルをこぼしたのも、やはり計画どおりだったのだろうか。あのとき、和香奈にぴったりのサイズのワンピースが用意されていた……。

〈和香奈はウブでまじめな女だから、私がこのまま逝ってしまえば欲求不満の躰を持て余しながらも、そのままひとりで生きていくのではないかと思う。金銭的な不自由もなく、なかなか再婚にも踏み切れないだろう。

ひとりで生きるのもいい。だが、和香奈が今の歳で性のない生活を続けるのは可哀相でならない。そして、惜しい。セックスが嫌いならそれでいいが、そんなことはないとわかる。感度のいい躰をしているから好きなはずだ。和香奈は自分から求めはしないが、拒んだこともない。だから、ひとりでは生きていけないと体感してほしかった。

淫具を与え、DVDを見せ、徐々に男が欲しくなるようにし向けるつもりだ。〉

和香奈は女壺を貫く道具を手にしたとき、どんなに昂ぶったかを思い出した。

指で花びらや肉のマメに触れて自慰をすることがあった和香奈は、相手がいなければ中心を貫いてもらえないと気づいた。だが、淫具が届いて自分でそれを挿入したとき、これで謙吾がいなくても同じように心地よくなれると思った。淫具に対する嫌悪感はなかった。

だが、紫津乃が口で愛されているDVDを見たとき、淫具があっても味わえないものがあるのを知った。相手がいなければ得ることができない快感があると思い知らされ、ひとりで慰めることが虚しくなった。

手紙に書いてあるように、ひとりでは味わえない悦楽があるのを見せつけられ、淫具では満たされないものがあるとわかった。そして、孤独を感じるようになった……。

〈頃合いを見計らって藤波夫妻や伊豆見君達が動いてくれることになっている。だいたいの計画は練った。上手くいけばいいがと思っている。

和香奈、人生を楽しむといい。性もおおいに楽しむといい。私だけしか知らない和香奈は、これからいくらでも初めてのことを体験できる。そして、もっと美しくなれる。安っぽい男達が容易に近寄れない女になれ。

伊豆見君達に任せたら胸のつかえが下りて、今はとても安らかだ。しかし、和香奈が破廉恥な玩具を使うところを見たかったし、ベビードールを着た姿も見たかった。まあ、しばらくは和香奈にくっついていればいい。あの世からは何もかも見えるようだから。

楽しめ、和香奈。伊豆見君や藤波夫妻や、彼らのまわりの信頼できる人達が和香奈を満足させてくれるはずだ。

一連の計画の成功を祈りつつ、ペンを置こう。これが最後の手紙だ。

本当に和香奈と暮らせて幸せだった。ありがとう。〉

手紙を読んだ和香奈は四十九日からの出来事を思い起こしたが、簡単に理解できることではなかった。

ソファに伊豆見が寄り添うように座っている。

「その手紙は、書き終えたときに見せていただきました。それから封をされたんです。こんなことが上手くいくだろうか。いや、上手くいかないと困る。和香奈さんのこれからの幸せのためだからと言われました。葉月さんには一日でも長生きしていただきたかったです。でも、逝かれたときから、僕に与えられた使命を、葉月さんの遺言だから何とか成功させなければと思いました。初七日から毎週お宅に伺いながら、焦る気持ちをなだめるのが大変でした。急いては事をし損ずる。そう何度も言い聞かせましたよ」

いつも伊豆見は沈着だった。それは精一杯の装いだったのだろうか。

「関野さんの部屋を覗いたのは……？」

昨夜の出来事は偶然ではなかったのだろうか。

「奥様が出てこられたのは予想外でした。眠れないからと言い訳して呼び出すのにドアをノックするべきか、バルコニーの窓を叩くべきか、それとも今夜はやめにした方がいいかと、ちょうど迷っていたときでした」

伊豆見が唇を弛めた。

「今回上手くいかなくても、いくらでも機会は作れると思っていました。でも、彼岸の葉月さんが手伝ってくれたと思いました。奥様からバルコニーに出ていらしたんですから。あちこちに防犯カメラがあるので、僕達の動きは藤波さんにはリアルタイムで見られていました。だから頃合いを見計らって、故意に紫津乃さん達の楽しんでいらっしゃる部屋に入ってこられたんです。奥様が驚かれるだろうと。そして、それは奥様に僕達の世界を知ってもらうためでもありました」

伊豆見は淡々と説明している。だが、和香奈の動揺は大きかった。

「手をくくられた奥様が、ドアをノックした藤波氏にどう対処するか、とても興味がありました。奥様は助けを呼ばなかった。僕を受け入れてくれたのだと思いましたが、すぐそのあとで、そんな姿を彼に見せるわけにはいかないと……ただそれだけだったのかもしれないと思いました。でも、その不安は消えました。あんなに悦んでくれたんですから。あのときの表情も声も、思い出すだけで熱くなります」

真実を知ったものの、和香奈にはまだ現実として受け入れる余裕はなかった。頭の中にこれまでの様々な場面が浮かんできて混乱していた。

謙吾の思いによって、四十九日以後の時間が動いていた。いや、謙吾が健在だったときから計画されていたことだった……。

「葉月さんの計画は成功したんです。そう思っています。昨夜は嬉しかったです。これから先、僕だけでなくここに集まる誰とでも、奥様さえよろしければ深い関係を結び、楽しむことができます」

「いや！」

和香奈は即座に拒絶した。

「いや……他の人はいや」

掠れた声でそう言った和香奈を、伊豆見がそっと抱き寄せた。

「いやなことはいやでいいんです。奥様がいやなら、他の者に抱かれたりしなくていいんです。その気になったときでいいんです。その気にならなくても、みんなが奥様を援助します。ここはご自分の別荘と思っていらっしゃればいいんです」

伊豆見の優しい言葉に安堵し、和香奈はまた甘えたい気持ちに駆られた。同時に、終わろうとする命の前で最後の最後まで和香奈の行く末を考えていた謙吾を思うと、涙が溢れ、伊豆見の胸の中で肩先を震わせた。

「あれほど優秀で素晴らしい方が、どうして早くに召されたんでしょうね。もう十分に働いたから、天国でゆっくりするようにと言われたんでしょう。人間、死んで終わりではありません。僕は今ここに葉月さんがいらっしゃると思います。感じませんか？」

伊豆見の言葉に、和香奈は顔を上げた。

微笑している謙吾が目の前に立っているような気もした。

天国の謙吾からの手紙は、今回を入れて六通になった。最初に篠崎弁護士から渡され、二通目から五通目まではプレゼントに同封されていた。すでにもらっていた五通は何度も読み返している。

謙吾は自分の死が近づく中で、和香奈が飛び立つのを望みながら手紙を認《したた》めたのだ。そして、伊豆見達が謙吾の計画を粛々《しゅくしゅく》と遂行してきたのだ。

謙吾や伊豆見や紫津乃達に騙され続けてきた……。

複雑な心境だった。だが、謙吾の熱い思いには胸を打たれた。

「嘘つき……」

和香奈は伊豆見に拗《す》ねたような口調で言った。謙吾以外の男に拗ねることができる自分が不思議だった。

「嘘つきは嫌いですか？」

返事は決まっていたが、和香奈は考える素振りを装った。

「嫌われてしまったんでしょうか」

ひとときの沈黙の後で口を開いた伊豆見に、和香奈は小さく首を振ってうつむいた。

すでに深い関係を結んだ後だというのに、わざとそんなことを訊く伊豆見が恨めしかった。

「奥様といると新鮮で、人妻だったとは思えないほど可愛くて、僕も何だか二十歳そこらに戻ったみたいで、またしたくなりました。朝食までずいぶんと時間があります。口でされるのが好きでしょう？　朝食を戴くより奥様のジュースで満腹になりたい心境です」

「まじめな人と思っていたのに……ほんとに……ほんとにいやらしい人……凄くいやらしい人……」

昨夜までは決してそんなことを口にするはずがないと思っていた伊豆見の赤裸々な言葉が恥ずかしく、視線が眩しい。

一線は越えたものの、一緒に暮らした謙吾に対するように、昨日の今日、すぐに力を抜いて接することができるはずもない。それでも、今までとちがう近しさは感じていた。

様子を見ながら少しずつ近づいては少し退き、またわずかに近づいてみる……。

餌付《えづけ》される小動物が人間に近づくときのような行動を、和香奈は伊豆見に対して無意識のうちに繰り返していた。それは、最後はぴたりと寄り添うための儀式のようなものだった。

「まじめでいやらしい僕に似て」

そこで伊豆見がクッと笑った。

「処女でもおかしくないような物静かな奥様が、すぐに濡れる人とわかって嬉しいです」

ソファから立ち上がった伊豆見が、和香奈の手を取った。

立ち上がった和香奈は服を脱がされ、ベッドに入った。

抱き締められると、それだけで心地いい。肌と肌が触れるだけで、体温だけでなく相手の気持ちまで伝わってくる。

謙吾とはベッドで横になっているだけで安心できた。そのときのように、今、孤独から解放され、守られているのを感じた。

「手首をくくられたとき感じたでしょう？　それも楽しいオアソビのひとつなんですよ。これからは、奥様のまだ知らないことを教えてさしあげます。目隠しも、ちがう世界を体験できます」

「目隠し……？」

「ええ、目隠しされると何をされるかわからないから全身が敏感になるんです。神経が研ぎ澄まされるからでしょうね。試してみましょうか」

伊豆見はナイトテーブルに置かれていたアイマスクを取った。

「いやだったらいやと言って下さい。それから、決して自分でマスクを取っちゃいけませんよ。それが楽しいオアソビの約束ごとです」

わざわざ闇の世界を作ることはないのにと思った。それでも手首をくくられて自由を失うよりはいい。だが、横になったままアイマスクをされると、急に不安になった。

「ついでに両手もくくってみましょうか」

「だめっ!」

和香奈は両手をさっと後ろに隠した。

「残念ですけど、また次にしましょう」

苦笑している伊豆見がわかる。

乳房を掌《てのひら》で包まれたとき、一瞬、硬直した。だが、その手は両方のふくらみをかわるがわる優しく包み込んだだけだった。次に、腹部の方に下りていき、翳りを撫でまわし、また乳房に戻った。

「相手が気持ちいいと感じていたら、それは伝わってくるんです。眠たくなるようにいい気持ちですね。こんなゆったりした時間を過ごせるなんて最高です。奥様も何か話して下さい」

営みに向かっているのではなく、朝食までは会話だけのつもりだろうか。触れられているだけで心が落ち着く。

「夢の中に……いるみたい」

伊豆見の手は下腹部の翳りに触れていたが、まるで子供の頭を撫でているような動きだ。和香奈は気になるどころか、徐々にくつろいでいった。

「ここに来たら……いえ、ここでなくてもいいんです。僕達といるときは夢の中でいいんです。世間とはちがう世界があるんです」

ちがう世界とは、夫婦以外とも性を共有する世界ということだろう。だが、和香奈は性を共有する必要など感じなかった。相手はひとりでいい。ひとりでなくてはならなかった。

伊豆見の指が肉マンジュウのワレメに入り込んだ。

「んふ……」

和香奈がびくりとすると、指は引っ込み、また翳りを撫で始めた。

「眠たくなったら眠っていいんですよ。朝食は食べたいときに食べればいいんです。わざわざ呼びに来るような野暮天はいませんし、時間を気にすることはありません」

下腹部の翳りを撫でられていると眠くなる。アイマスクをしているので、よけいだろうか。

「あはっ……」

また指が肉マンジュウに入り込んだ。今度は花びらをいじり、その脇の溝も辿った。

それだけでうるみが溢れてくる。伊豆見の指は謙吾の指のように心地いい。

「奥様のジュースはとても美味しかったです。また味見させて下さい。もうぬるぬるで一杯になってきました。目隠しは絶対に取っちゃいけませんよ。取りたいときは言って下さい。約束を破ったら、いけない手もくくりますからね」

太腿の狭間に入り込んだ伊豆見が、舌で肉マンジュウのあわいをくつろげた。それだけでも淫猥で、総身が粟立った。

伊豆見の舌が動き始め、粘膜をちろちろと舐めた。

「んふ……はああっ」

舌で愛でられると、なぜこんなに心地いいのだろう。いつも泣きたくなる。

絶頂を極めない程度に舌が優しく女の器官を辿っていく。

秘所から顔を離した伊豆見が和香奈の横に体を移し、唇を塞《ふさ》いだ。

「ぐっ……いや」

自分の秘所の匂いのする唇だった。恥ずかしさに和香奈はイヤイヤをしながら伊豆見の胸を押し、唇を離した。

「そのオクチ……だめ」

「奥様のアソコの匂い、男にとっては最高の匂いなんです。僕は大好きですよ」

「だめ……」

和香奈は繰り返した。

「わかりました。じゃあ、しばらくジュースだけを味わうことにします。奥様に飽きられないように、今度はちがう感触で味わわないといけませんね」

伊豆見がベッドを下りたのが気配でわかった。どうしてベッドから下りたのか不思議に思ったが、すぐに太腿のあわいに躰が入り込んだ。

両手で肉マンジュウをくつろげられたが、そのままじっと見入っているとわかり、和香奈は恥じらいに腰をくねらせた。触れられるより、何も言わずに見つめられる方が羞恥はつのる。

「見ないで……そんなに……だめ」

和香奈が掠れた声でそう言うと、舌がべっとりと秘園を舐め上げた。そして、今までとちがう感触の舌が女の器官を舐めまわした。

「ああっ……んんっ」

花びらも肉のサヤや肉溝、会陰も舐めまわした舌は、肉のマメには触れず、聖水口をそっとこねたりつついたりし始めた。

「はああっ……好き……それ、好き」

和香奈は足の親指を擦り合わせた。気持ちよすぎて何もかも放り出したくなる。仔猫になったような気がした。

ピチャピチャと舐め音がするようになると、和香奈の喘ぎはいちだんと艶めかしくなった。極める手前の快感が続くと、やがて何十回も繰り返される心地よい法悦の波へと繋《つな》がっていく。少しでも愛撫が強ければ、一回きりの大きな絶頂が駆け抜けていく。どちらになるか、男の繊細な感覚にかかっている。

聖水口を愛でられるのが好きな和香奈を知ってか、温かい舌はゼリーでできたような目立たない器官を愛撫しては、花びらや肉のサヤ、鼠蹊部《そけいぶ》にまで舌を這《は》わせ、また聖水口に戻ってくる。

「いい……気持ちいい……オクチ、好き……」

和香奈がそう言うと、舌戯が間延びしてきた。

「いや。もっと……」

和香奈は腰をそっと突き出した。

「もっと奥様の可愛いところを舐めてもいいんですね？」

「もっと……オクチ、好き」

催促するように和香奈は腰をくねらせた。

さっきまでのような舌戯が始まった。

「目隠し、そろそろ取りますよ」

舌戯の最中の声に、和香奈ははっとした。

伊豆見は聖水口を舐めまわしている。なぜそんなとき、話すことができるのだろう……。

口戯は続いている。

おかしいと気づいたとき、アイマスクが外された。

「いやあ！」

いつ部屋に入ってきたのか、太腿の間にいるのは関野だった。

「アイマスクは、彼の口が気に入っていただけるかどうか確かめてみるためでした」

「嫌い、嫌い。嫌い！」

半身を起こした和香奈はずり上がり、うつぶせになって泣き出した。

「早すぎたでしょうか……でも、合意がなければ、絶対にこれ以上のことはしませんから心配しなくていいんです。彼の口、好きだと言ってくれたじゃありませんか」

「嫌い。大嫌い！」

またも騙されたことを知り、口惜しかった。

「嫌われましたか。困ったな……どうしたら許してもらえますか？」

関野の口調は優しかった。

「みんな嘘つき。嫌い！」

和香奈はうつぶせたまま顔を上げなかった。

関野のことはずっと気掛かりだった。謙吾から届いた二本目のビデオで紫津乃が口戯を施されているのを見たとき、男の顔は映っていなかった。だが、三本目のビデオが届いたとき、ついに男の顔が映った。長い前戯の後、女壺に男の屹立が沈んでいった。

何度も繰り返し見てしまったDVDに映っている色っぽい女だけでなく、優しく愛撫する男も気になった。そんなふうに自分も愛されたいと思った。紫津乃が羨ましく、関野の愛撫に魅せられていた。だが、今の和香奈は関野からの口戯と知らなかっただけに、激しく動揺していた。

「嫌われてしまったのにここにいては迷惑ですね。僕は昼過ぎにこの屋敷を出ます。それまでに許していただけるなら彼に伝えて下さい。素晴らしく綺麗な性器に感激しました。たった一度きりでも僕は一生忘れませんよ」

関野がそう言った後、ドアを閉める音がした。

そっと顔をドアに向けた和香奈は、関野がいないのを確かめると仰向けになった。

「あんなに優しく口でしてくれたのに、彼のことが嫌いですか。彼だけでなく、僕のことも嫌いですか」

　伊豆見が和香奈の傍らに横になった。

「嫌い。みんな嫌い……」

　心にもないことを口にした。恥ずかしすぎて居たたまれなかった。

「じゃあ、僕も出ていった方がいいですか」

「だめ！」

　半身を起こそうとした伊豆見に、和香奈は慌てた。

「彼、ずいぶんとしょげてましたよ。僕とちがう口もいいでしょう？　彼の口は紫津乃さんも気に入っています」

「……香穂さんも？」

　和香奈は故意に伊豆見の妻の名を出し、反応を窺った。

「ええ、もちろん。香穂は、ここの主の藤波氏の口も気に入っています」

　和香奈は胸を喘がせた。

「オクチは嫌い。誰のオクチも大嫌い。これが好き」

　和香奈は伊豆見の肉茎に手を伸ばした。

　伊豆見が苦笑した。

「それはぬるぬるが出ていないと入れられません。でも奥様のそこはすぐに濡れますし、まだ乾いていないでしょうね。彼がうんと舐めてくれましたしね」

和香奈はキュッと唇を結んだ。

「彼のこと、嫌いですか。いえ、誰の口も嫌いだとおっしゃいましたね。僕の口も嫌われてるんですね」

和香奈は意地の悪い伊豆見の肉茎を、ぎゅっとつかんだ。

「うっ……それじゃ強すぎます。硬くなってるから、そんなに強く握られたら折れるかもしれません」

和香奈は慌てて手を離した。

伊豆見がクッと笑った。

「そんなに簡単に壊れやしませんよ。でも、最初は優しく、後で強くしごいてもらえると嬉しいんですが。それは嫌いになったりしないでしょうね」

和香奈の手を取った伊豆見が肉茎へと導き、漲《みなぎ》ったものを握らせた。

「これ、好き……ほんとはオクチも好き……あの人のオクチも……好き」

屹立を握り締めたまま、和香奈は伊豆見の耳元で囁いた。

「彼のこと、嫌いじゃないんですね？」

「好き……」

思わず口にした。

昨夜会ったばかりの男とはいえ、ＤＶＤで幾度となく紫津乃との行為を見ているだけに、以前から知っていた男のように感じてしまう。

まだ好きという感情になっているか自信はないが、嫌いな男ではなかった。嫌いな男なら、紫津乃が愛されているときに嫌悪感を抱いただろう。

紫津乃は始終、心地よさそうだった。関野に愛でられている紫津乃が羨ましかった。和香奈もそうやって愛されたいと幾度も思った。

昨夜、ここにいる関野を見て驚いたが、嫌悪感はなかった。紫津乃との関係を藤波が知らないと思っていただけに、関野がここにいるだけで仰天し、他の感情など湧かなかった。だが、紫津乃を愛でた舌で自分も愛されたと思うと、少しずつ別の感情が湧き上がってくる。

さっきはパニックに陥った。舌戯を施している男が入れ替わるなど思いもしなかった。あの状況で動転しない者などいるはずがない。騙された口惜しさや羞恥で感情をコントロールできなかった。

「彼が落胆していたのはわかったでしょう？　今頃、打ちのめされていますよ。嫌いじゃないと言ってあげたらどうです」

打ちのめされていると言われると不安になる。だが、まだ混乱していて、伊豆見とのことを考えるだけで精一杯だ。

「今は……他のことは……何も考えたくないの」

関野のことは気になるが、この時間だけを大切にしていたかった。肉茎を握らせておきながら、他の男のことを口にする伊豆見がもどかしい。

「じゃあ、あとで食事に行く時に伝えて下さいよ。昼まではここにいるはずですから。約束してくれますか？」

和香奈は頷いた。

「そのうち、奥様は僕より彼のことが気に入るかもしれない。いや、葉月さんのように頼りがいのある年上の男がいいなら、藤波氏を気に入るかもしれない」

またも他の男の名前を出す伊豆見が恨めしかった。

「他にもたくさん仲間がいるんですよ。いくつもグループがあって、花の刺青《いれずみ》を入れている仲間達もいます」

「花の……刺青？」

ふいに興味が湧いた。伊豆見の肉茎から手が離れた。

「ええ、彼らはいちばん好きな相手と同じ花の刺青を入れ、躰を合わせると、それがぴたりと合うんです。でも、ちがう花を入れた人達とも理解し合い尊敬し合い、深い関係を築いています。仲間のすべてから気に入られないと、その中に入ることはできないんです。どの花にするか、みんな自分で最愛の相手を決めます」

「じゃあ、女の人も刺青を入れてるの……？」

「ええ。ここのところに」

伊豆見はそう言いながら、艶やかな翳りの載った和香奈の肉マンジュウを撫でた。

「嘘……」

伊豆見の作り話としか思えなかった。

「本当です。紫津乃さんのようにここを綺麗に剃《そ》って、ここに小さな花を入れるんです。ヘアが伸びてくれば花は隠れます。でも、紫津乃さんのようにいつも剃っている人や薄い人は、いつでも見えます。薔薇や芙蓉や牡丹《ぼたん》など色々な花があります」

和香奈はコクッと口に溜まった唾液を呑み込んだ。

「そして、女性は花びらにピアスをしています。ラビアピアスのことなどご存じないでしょうね。花びらのピアスも彼らの秘密の儀式です」

和香奈には想像することすらできなかった。

「いつか見せてもらえますよ。僕達といっしょに秘密と悦びを共有できるなら」

共有する悦びが性であるのは訊くまでもなかった。

和香奈は知らない世界が広がっているのを感じ、恐れを抱いた。何も知らなければよかったという気持ちと、知らなければ謙吾以外の男を知ることもなく一生を過ごすことになったかもしれないと、性のない虚しい日々を想像した。

「そうだ、退屈しのぎにと言われた写真集があったんでした」

半身を起こした伊豆見がナイトテーブルの白い紙包みに手を伸ばした。

こんなときにそんなものをと、和香奈は次の行為を期待していただけに落胆した。まだ掌に肉茎の感触が残っている。

「今話した、アソコに花の刺青を入れて性を共有している女性のひとりです。仲間に入ると、お披露目の後、こんな写真集を作るんです。綺麗ですよ。僕はすでに見ています」

興味のなかった写真集が、たちまち和香奈の関心を誘った。

半身を起こした和香奈は、伊豆見が開いた写真集に目を凝らした。

ページを開けると「緋紹子《ひろこ》」と印刷されている。次のページに、まだ若い学生に見えるような女が優しい笑みを浮かべていた。

冷静に見られたのはそれだけだった。

次のページの緋紹子は青海波《せいがいは》模様らしい地紋の浮き出た白い長襦袢だけ身につけていたが、

胸元も太腿もあらわに、しどけない姿で写っていた。

　顔だけ写っていた緋紹子とちがい、一気に大人になったような艶やかな雰囲気に驚き、和香奈はまばたきを忘れて見入った。

「こんな世界を知らなかった人が、この世界の住人になり、ますます綺麗になりました」

　ページが捲られるたびに恥ずかしい姿が写っていた。しかし、下卑《げひ》てはいなかった。どれも美しかった。

「あっ……」

　緋紹子のつるつるの肉マンジュウのアップに、和香奈は思わず声を出した。

　その次は、薄いピンクのマニキュアをした白い指でふっくらしたそこを大きくくつろげている秘園のアップが写っていた。

　パールピンクの美しい女の器官だ。花びらは左右対称で品格さえ感じるほど整っている。すでに銀色に輝く蜜液が溢れ、秘口から会陰へとしたたり始めている。

　次のページも緋紹子が女園をくつろげていた。その花びらに紅いルビーのピアスがつけられているのを見たとき、和香奈は激しい動悸がし、息苦しさを覚えて荒い息を鼻からこぼした。

「関係を築いた男達からひとつずつラビアピアスをもらうんです。それが受け入れられた印なんです」

「紫津乃さんも……？」

声が掠れた和香奈は、翳りのない紫津乃を思い浮かべた。

「いえ、紫津乃さんはあちらの人とはちがいます。あちらの人達と関係を持てても、僕達のグループでは、その儀式は必要ないんです。でも、奥様がラビアピアスをお望みなら、あちらの仲間にドクターがいらっしゃいますから、空けていただけますよ」

「いや……」

写真を見ただけで和香奈は動揺していた。それでいながら、妖しい感覚に満たされていた。かつてない感情をどう理解すればいいのか、和香奈自身にもわからなかった。

ページが繰られた。

また和香奈は息を呑んだ。

ルビーのピアスではなく、リングがつけられ、そこから長い鎖が垂れていた。

次のページの緋紹子は、男の剛棒を口に含んでいた。

和香奈は伊豆見の開いている写真集を横から閉じた。もう正視できなかった。

「いやですか？　僕は綺麗だと思いますが。まだ半分も見ていませんよ？」

「後でいいの……これをちょうだい」

いつしか萎《な》えてしまった伊豆見の肉茎を握った。柔らかい茎は、すぐに水を得た植物のようにムクムクと変化を始め、掌の中で独立した別の生き物のように動いた。

あまりの漲りの速さに仰天し、和香奈は手を離した。

伊豆見が苦笑した。

「ほんとに奥様はウブですね。でも、写真集よりこれの方がいいと言われると、やっぱりセックスが好きなんだと嬉しくなります」

恥ずかしすぎる言葉だった。

唐突に抱き寄せられ、伊豆見の指が肉マンジュウの中に入り込んだ。

「こんなに濡れて。写真を見て興奮したんですね」

ワレメから出された指は、べっとりとうるみにまぶされていた。

「あの写真を見てこんなに濡れる奥様なら、きっと僕達の世界で幸せになれますよ。もう十分に濡れてますから、すぐに入れて大丈夫ですね」

和香奈を横たえた伊豆見が、太腿の間に入り込んだ。

「待って！」

亀頭が秘口に触れたとき、和香奈は秘園に手を伸ばし、挿入を拒んだ。

「欲しかったんじゃないんですか？」

だっただろう。

和香奈は昨夜から、ずっと愛されるだけだった。写真の緋紹子は男の肉茎を口で愛していた。紫津乃も昨夜、関野のものを口に含んでいた。謙吾のものを最後に口で愛したのはいつだっただろう。

和香奈は一方的に愛されることが多かった。だが、若い緋紹子が口戯を施している写真を見たとき、激しく欲情した。淫らな気持ちが湧き上がった。求められるのではなく求めたかった。肉の塊になりたかった。

「食べてもらえるんですね」

嬉しそうな伊豆見が、仰向けになって脚を開いた。

和香奈は太腿の狭間に躰を入れて伏せると、茂みの中から立ち上がっている屹立を眺めた。ミミズのように青い血管が這っている剛棒がひくりと動いたとき、和香奈の鼻から湿った息がこぼれた。

右手で茎を握り、全体を確かめるように軽く側面をしごいた。また和香奈の掌の中で、ひくっと肉茎が力強く跳ねた。

「しみじみと眺めているようじゃありませんか。気に入ってくれましたか?」

半ば無意識のうちにしていたことだった。伊豆見の言葉で羞恥を覚えた和香奈は、すぐに

「オクチで……させて」

頭を伏せ、亀頭をぺろりと舐めた。忘れていた剛直の感触を思い出した。

柔らかくつるりとした亀頭には鈴口があり、粘液の味がした。淫具には鈴口がついていたが、形だけのものだった。先走り液は好きではないが、本物の肉茎の証《あかし》と思うと、今はその味も嬉しかった。ソフトクリームを舐めるように、ぺろぺろと舐めまわした。

「おお……凄い……奥様の優しすぎる舌で舐められると、そのままいってしまいそうです」

舌戯を施されるばかりで、奉仕することは少なかった。謙吾に求められればそれなりにやっていたが、紫津乃の口戯を見たとき、自分のやり方とちがうと感じた。いまだにどうすれば男がより心地よくなれるのかよくわからないが、伊豆見に褒められたことで、熱心に亀頭だけを舐めた。

しっかりと肉茎を握っているにも拘わらず、茎はひくひくと動いた。

「僕の気持ちよさが伝わってますか？　ああ……たまりませんよ」

ただ亀頭を舐めまわすだけだったが、伊豆見の言葉で和香奈は舌戯に没頭した。二度と触れられないと思っていた男の証だけに愛しかった。

「奥様は……うっ……他のことを覚えなくても……それだけで十分のようですね……そこを舐められるだけで……指の先までぴりぴりします」

先走り液がじわりと滲んでくるたびに、和香奈はせっせと舐め取った。

「いつまでもそうしてほしい気もしますが、そろそろ奥様とひとつになりたくなりました。上に乗って自分で入れて戴けませんか。しばらくこうしていたいんです」

顔を上げた和香奈は、謙吾に愛されるだけのことが多く、騎乗位の経験はあっても苦手だった。

「上手に……できないの」

「じっとしているだけでもいいんです」

気恥ずかしさやためらいはあったが、昨夜からの流れと写真集を見た昂ぶりで、羞恥や戸惑いより性愛への欲求が強い。

和香奈は伊豆見の腰を跨《また》いだ。だが、腰を空に浮かせたまま動きを止めた。

「僕のものを握って、奥様の上等の器に入れて下さい」

今までしっかりと握っていた肉茎を、今度はおずおずと握った。そして、荒い息を鼻からこぼしながら、肉の祠の入口に着け、そっと腰を落としていった。

「あはあ……」

肉のヒダを押し広げていく心地よすぎる屹立の感触に、和香奈はうっとりとした喘ぎを洩らしながら顎を突き出した。

「おおっ、本当に名器ですね。いい気持ちです」

伊豆見が感嘆した。

奥まで剛棒を呑み込んでしまうと、和香奈はそのまま動かなかった。伊豆見もじっとしている。

じっとしているだけでいいと口にした伊豆見だが、和香奈は焦れて腰を揺すった。

「おお、それもいい」

伊豆見はまったく動かなかった。

和香奈は少し腰を浮かせた。結合が外れそうになり、慌てて腰を戻し、腰を左右にくねらせた。

「ね……して」

器用に動けない和香奈は、拗ねたような口調で催促した。

下から伊豆見が腰を突き上げた。

「あうっ！」

内臓まで突き抜けそうな衝撃だった。

「やさしくして……」

「じゃあ、そのまま自分の指でオマメをいじって下さい。ここから奥様の顔を眺めています」

「いや！」

自慰をしろと言う伊豆見の言葉だけで躰が火照った。

「じゃあ、動いてくれない手はくくりますよ。それからやさしく、だけど、うんといやらしいことをしますからね。彼を呼んで見物させましょうか。嫌いじゃないと言ってくれましたしね」

「だめ」

「じゃあ、オマメをいじって下さい」

「いや」

「じゃあ、手をくくって彼を呼ぶことにしましょう。でも、奥様がご自分で選ぶのがいちばんですね。五つ数える間に決めて下さい。その間だけ待ちます。一……二……三……四……」

「自分で！　自分でします。だから……呼んじゃだめ」

伊豆見は徐々に権力者になっていく。心を許せる甘美な権力者だ。

謙吾が伊豆見に託した世界、今まで知らなかった非日常の世界に踏み込んだのを、和香奈は躰と心で感じていた。

ぬめっている結合部のすぐそばで、肉のマメもとろとろになっている。胸を喘がせた和香奈は、右の人差し指でぬるぬるの真珠玉を丸く揉みほぐした。

「あは……」

ひとりでこっそりとしていた恥ずかしい行為を伊豆見に見つめられてしていることで、和香奈はいつもの自分より何倍も淫猥な女になった気がした。女というより、一匹のメス獣になってオスと交わっている気がした。肉欲の海に沈み、飽きることなく交わり、やがて躰も心もひとつに融合し、海の一部になっていく……。

「おお……ヒダが蠢き始めた。いい気持ちだ」

「自分でこんなこと……あは……するなんて……ひとりで……ひとりでする恥ずかしいことなのに……あう……こんなことをさせるなんて……」

自慰を黙って見つめられていることが耐え難く、和香奈は喘ぎながら言葉を押し出した。

「いつもひとりでしていたんですね。これからは見せて戴きますよ。自分でしているときの顔、とても綺麗ですから。みんなにも見てもらいましょう」

「いや……あは」

拭き取りたいほど多量に溢れてくる蜜で、動かす指がぬるぬるだ。

メス獣になったような気がしてくると、伊豆見に淫らな自分を隠すのではなく、赤裸々に見せたい気がしてきた。

「自分のオユビより……んふ……あなたのオユビが好き……オクチも好き……ずっとずっとずっと……あは……いやらしいことして。うんといやらしいこと、して」

「僕の口や指だけでなく、彼……関野氏の口も好きになったんでしたよね？」

「好き……んんっ」

目隠しを外されたとき、和香奈の知らないうちに伊豆見と交代して口戯をしていた関野を知り、強烈すぎてパニックに陥った。今は思い出すだけで羞恥以上に昂ぶってしまう。

「奥様が気をやるところを見たかったんですが、いくときの綺麗な顔はもう少しだけ取っておきましょう。オナニーはおしまいです。ソコが外れないようにくるりとまわって背中を向けることができますか？」

オナニーという言葉がやけに恥ずかしかった。顔を隠したかった和香奈は背中を向けるように言われ、救われた気がした。外れないようにと言われたことで、滑稽なほど慎重にゆっくりと躰をまわしていった。

和香奈が背中を向けたところで伊豆見が半身を起こし、ヘッドボードに半身を預けた。

「ソコが外れたらお仕置きですよ」

お仕置きと言われただけで、何故《なぜ》かとろりと蜜がこぼれた。

左手を腰にまわして背後から和香奈を支えた伊豆見は、右手でやわやわとした椀形の乳房を揉みほぐした。同時に、人差し指と中指で乳首を挟んでもてあそんだ。

「んんっ……あは……」

鼻から熱い息をこぼす和香奈は、結合が解けないように、そして、より深く伊豆見と繋がるために、腰を左右にくねらせるようにして擦りつけた。

「ああ、いい気持ちです。奥様の動きは床しいのに、全身が粟立つほどです。オマメはどうなっていますか？」

「あ……」

乳房を包んでいた手が下腹部に下り、屹立を呑み込んでいる結合部のすぐ上の肉のマメを包んでいるサヤに触れた。

指は直接真珠玉には触れず、肉のサヤをいじった。

「ぬるぬるで滑りそうですよ。こうしていると気持ちがいいんですね」

「あは……いい」

和香奈はまた腰をくねらせ、結合が解けそうな不安から、いっそう深く繋がろうとした。

「両手を背中にまわして戴けませんか」

「えっ……？」

「奥様の両手が悪さをしないように、くくる代わりに僕と奥様の躰の間に挟んでおくんです」

どんな悪さをすると言いたいのだろう。自分の指で肉のマメをいじったのは伊豆見が命じたからだ。勝手に自分で触ると思われているのだろうかと気恥ずかしく、和香奈は両手を後ろにまわした。

「その手を動かしちゃいけませんよ」

両腕を伸ばした伊豆見は和香奈の膕《ひかがみ》のあたりに手を当て、膝が胸に着くまで引き寄せると、破廉恥に太腿を大きく割り開いた。

「ああっ」

恥ずかしすぎる格好に火照った和香奈は、総身が炎になったような気がした。

背後にいる伊豆見には和香奈の正面からの姿が見えるはずのないのはわかっていても、女園をあらわにされた姿は身悶えするほど恥ずかしかった。それでも、両手はふたりの躰に挟まれ、動かせない。

「いや……」

「こんな破廉恥な格好にさせたのに、奥様の綺麗なソコを正面から見られないのが残念ですよ」

背後の伊豆見が和香奈の耳元で囁いた。

そのとき、ドアをノックする音がした。和香奈の総身から汗が噴きこぼれた。

「関野です。和香奈さんのご機嫌はまだ直っていませんか？　気になってお伺いです」

「ちょうどよかった。どうぞ」

「いやっ！　だめっ！」

伊豆見の言葉に、和香奈は大きな声を上げてもがいた。肩先を大きくくねらせたが、後ろにまわった腕は伊豆見の胸に押さえつけられ、動かなかった。

ドアが開いた。

「いやあ！」

伊豆見とひとつになっているだけでも恥ずかしい。その上、女児が小水をさせられるときのような破廉恥な格好になっている。

剝き出しにされた太腿のあわいを関野に見られる屈辱に、和香奈は尻をくねらせた。だが、両腕の自由をなくし、太腿を伊豆見の手でつかまれ、胸に押し当てられていては逃げることもできない。

「いやいやいや！　来ないで！　見ないで！　いやあ！」

部屋に入り、正面から関野に見つめられ、和香奈の叫びは、これまでになく大きくなった。

「まだ嫌われてるんでしょうか」

「いえ、とうに奥様は関野さんのことを許してくれていますよ。むしろ、アソコを舐めた口が好きだということでした」

「それを聞けば安心して帰れます。それにしても、こうして綺麗な脚を大きく開いてお饅頭の中を見せられると、ずいぶんと濡れていて、最高のお楽しみの最中だったようですね」

関野が結合している部分に目をやっているのがわかり、和香奈はいやいやと大きく首を振った。

「濡れているのは見ただけでわかったでしょうが、奥様がどんなに濡れているか、指で確かめてみたらどうです？」

伊豆見の言葉に、関野が肉のマメを包んだ包囲のあたりに指を這わせた。

「んんっ！」

優しすぎる指の感触に、和香奈は反射的に胸を突き出した。

「ぬるぬるが凄い。うんと濡れる女は幸せですよ」

「いやっ！」

肩先や尻を思いきり動かした和香奈に、結合が外れた。

「せっかくひとつになっていたのに残念ですが、外れてしまうのを彼は待っていたかもしれませんよ」

伊豆見は相変わらず落ち着いていた。関野もこの光景に動じなかった。和香奈だけが取り乱していた。

「嫌われたと思っていたのに口が好きと言ってもらえたようで光栄です。僕だけ服を着ていては場違いのようですが、帰る前にもういちど可愛いソコにキスさせて下さい」

ベッドに上がった関野はパックリと開いている肉マンジュウの前にやってくると、躰を倒し、今まで伊豆見と繋がっていた部分に顔を埋め、包皮を舐めまわした。

「んんっ！　いやっ！　いやっ！」

和香奈は逃げようともがいた。

「そんなに動かないで下さい。気持ちよくしてくれるだけじゃありませんか」

伊豆見の言葉は、この場の状況には不自然すぎるゆったりとしたものだった。苦笑しているのかもしれない。だが、和香奈は声を上げ続けた。

「いやいやいやいやっ！　い、いやっ……ああっ……い……や……はあああああっ……」

伊豆見によって太腿を大きく開かれ、背後から拘束されている中で、正面から関野が口をつける異常さに動転していたが、徐々に心地よさが勝っていった。

「んんんっ……はあああああっ……ああう……はああっ……」

やがて、幾度となく続く優しい法悦の波が訪れた。大人の女のエクスタシーだと謙吾に教えられた、あの果てしなく続く漣だ。

「奥様、夢の中のようですね。彼の口がますます好きになったでしょう？」

伊豆見がさらに太腿を大きくくつろげた。

総身に広がる疼きに抵抗の力も失《う》せた。髪の生え際までさわさわと粟立っている。

「はああああっ……いい……気持ちいい……」

和香奈は泣きそうな声で言った。

「彼の口、好きですね？」

「好き……好き……ああああっ……」

心地よすぎて小水を洩らしてしまうかもしれない。しかし、そんなことはどうでもよかった。関野の舌戯は和香奈を朦朧とさせていた。

「後で、ここの主の藤波氏にもソコを食べてもらいましょうか。彼も上手に舐めてくれますよ。食べてもらいたいでしょう？　食べてと言えますよね、奥様」

「いや……」

「本当にいやですか？　僕なんかよりよっぽど上手いんですよ」

「あは……ああああっ……」

和香奈は足指を擦り合わせた。

「気持ちよさそうですね。藤波氏にも食べてもらいたくなってきたでしょう？」

「食べて……食べて……ああ、いい……気持ちいい」

法悦の波はいつまで続くのだろう。

伊豆見が優しいのはとうにわかっている。関野も優しい。藤波も優しいだろう。

ぴちゃぴちゃというかすかな舐め音がときおり和香奈の耳に届き、仔猫になったような気がした。

タブーが消えていく。魂が解放されていく。

笑みを浮かべた藤波がやってきたとき、和香奈は関野がやってきたときのような動揺は見せなかった。恍惚《こうこつ》の表情を浮かべながら、ただ甘やかな喘ぎを洩らし続けた。

傍らで藤波が身につけているものを脱ぎ始めたときも、和香奈は心地よい夢の中を漂っているような艶やかな表情を浮かべながら、銀色に光る蜜を溢れさせていた。

関野が和香奈の前から離れると、素裸の藤波が正面から和香奈を抱き寄せ、新しく生まれ変わろうとする女を背後の伊豆見の手から受け取った。

あとがき

藍川　京

　1989年発売のデビュー作は、四半世紀経った今も『華宴《かえん》』と改題され、幻冬舎アウトロー文庫に並んでいる。今読むと未熟な部分が多すぎ、手直ししたいところは山ほどあるものの、それはそれでよしとしなければならないのだろう。

　今回の作品は、去年、スポーツニッポンに連載したもので、枚数が少し足りなかっただけでなく、どうしても書き加えたいものがあり、ラスト部分が四十枚近く追加されている。

　連載しているうちに『華宴』が脳裏に浮かび、これは『華宴』に繋がる作品だと思った。そのとき、途中から出てくる登場人物のひとりを『華宴』に出てくるある人物にすればよかったと思ったけれど、すでに原稿を出した後で断念した。文庫になるとき、書き換えも可能だったものの、そのままがいいという考えに至った。

　デビューして四半世紀、それだけ歳も重ね、激しい作品より静かな作品が多くなってきた。人は年相応に考えも気持ちも体力も変化していく。それは歳を重ねて初めて学べることだ。

最後にこの作品を『華宴』と繋げたとき、『華宴』に登場した人達は今どうしているだろうと思いを馳せた。いつか、また『華宴』の続きを書くことができるかどうかはわからないものの、今回の作品の向こうに『華宴』の人々が住む世界があり、そこで元気に生きていると思うと、書きながら心弾んだ。

将来、書くことになるかどうかもわからない作品だが、『華宴』と『夜の宴』の人々が顔を合わせる日を想像しながら、もう少し書き続けていきたい。

この作品は二〇一三年七月一日～九月三十日までスポーツニッポンに連載されていた「花びらの火照り」を改題・加筆修正した文庫オリジナルです。

GENTOSHA OUTLAW BUNKO

夜《よる》の宴《うたげ》

藍川京《あいかわきょう》

平成26年2月10日　初版発行

発行人――石原正康
編集人――永島賞二
発行所――株式会社幻冬舎
〒151-0051東京都渋谷区千駄ヶ谷4-9-7
電話　03(5411)6222(営業)
　　　03(5411)6211(編集)
振替00120-8-767643
印刷・製本―図書印刷株式会社
装丁者――高橋雅之

幻冬舎アウトロー文庫

ISBN978-4-344-42166-0　C0193　　O-39-27

幻冬舎ホームページアドレス　http://www.gentosha.co.jp/
この本に関するご意見・ご感想をメールでお寄せいただく場合は、
comment@gentosha.co.jpまで。